銀河鉄道
の 夜

宮澤賢治

黃瀞瑤 譯

目錄

CONTENTS

橡實與山貓

どんぐりと山猫

某個週六傍晚，一郎家裡寄來一張奇怪的明信片。

金田一郎先生　九月十九日

你看起來心情不錯，實在太好了。

明天有一場麻煩的判決，請你光臨。

請別帶可以發射的武器過來。

山貓　敬上

明信片上頭寫了這樣的內容。字跡歪七扭八，炭墨沾滿紙面，幾乎弄髒手指，但是一郎開心得不得了。他將明信片輕輕收進書包，在家裡又蹦又跳。

即使鑽進棉被裡了，但一郎只要想起山貓喵喵叫的臉孔，與那場麻煩判決的情景，便遲遲無法入眠。

然而，等一郎睜開眼睛時，天已經亮了。走出門外一看，只見四周山巒宛如新生般潤澤茂盛，在蔚藍的天空下井然羅列。一郎連忙吃完飯，獨自沿著溪谷旁的小徑往上游走去。

清爽的涼風徐徐吹拂，栗子樹上的果實紛紛落下。一郎抬頭仰望栗子樹，問它：

「栗子樹，栗子樹，你有沒有看見山貓經過呢？」

栗子樹稍微安靜下來，回答：

「山貓今天早上搭著馬車往東邊去了。」

「東邊正是我現在走的方向，對吧？真奇怪呢！總之繼續往前走走看吧！栗子樹，謝謝你。」

栗子樹靜默不語，果實繼續掉落地面。

一郎往前走了一段路，來到吹笛瀑布前。吹笛瀑布位於雪白的岩石斷崖中間，岩壁上有個小洞，泉水飛濺而出，發出笛子般的聲響，形成一道瀑布，轟隆隆地落入山谷。

一郎對著瀑布吶喊：

「喂，喂，吹笛，你有沒有看見山貓經過呢？」

瀑布發出嗶嗶聲，回答：

「山貓剛才搭馬車往西方疾駛而去了。」

「真奇怪，西方是我家的方向啊！不過，再稍微往前走走看吧！吹笛，謝謝你。」

瀑布一如往常地繼續發出吹笛聲。

一郎再往前走了一段路，在一棵山毛櫸下看見一支奇怪的樂隊迎面走來，隊伍中有許多白色蘑菇，沿途發出咚噠叩、咚噠叩、咚噠叩的聲音。

一郎縮起身子，蹲下發問：

「喂，蘑菇，你們有沒有看見山貓經過呢？」

蘑菇回答：

「山貓今早搭著馬車往南方趕去了！」

一郎歪頭不解。

「南方在那座山另一邊耶。太奇怪了！不過，再往前走一段路看看吧！蘑菇，謝謝你們。」

蘑菇們發出咚噠叩、咚噠叩、咚噠叩的聲響，急急忙忙地跟上那支奇怪的樂隊離去了。

一郎繼續走，看見一隻松鼠在胡桃樹梢穿梭跳躍。一郎立刻招手叫住松鼠，問牠：

「喂，松鼠，你有沒有看見山貓經過呢？」

松鼠站在樹上，手搗著額頭，看著一郎回答：

「山貓今天早上天還沒亮就搭著馬車，往南方趕去了喔！」

「我在兩個地方都聽到山貓去了南方，真是怪了。不過，再繼續往前走看看吧！松鼠，謝謝你。」

松鼠早已不見蹤影，只剩胡桃樹頂端的枝椏微微晃動，一旁的山毛櫸樹葉隱約閃現亮光。

一郎繼續往前走了一段路，溪谷沿岸的小徑越來越窄，最後消失無蹤。接著，又出現一條新的小徑通往溪谷南方那座黑漆漆的榧樹森林。一郎爬上那條小徑，榧樹枝葉交疊，四周黑壓壓的，連一絲藍天也見不著。小徑變成了陡坡，一郎漲紅著臉、汗流浹背地爬上坡道，接著眼前豁然開朗，亮得睜不開眼睛。所見是一片美麗的金黃色草原，草在風兒吹拂下沙沙作響，高大茂盛的橄欖色榧樹林環繞四周。

有一名身形矮小、怪異的男子手握皮鞭，屈膝站在草原正中央，不發一語地望著一郎的方向。

一郎慢慢往男子靠近，接著又驚訝地停下腳步。男子是個獨眼龍，看不見的那隻眼睛，眼白不停轉動。他穿著一件有如短褂的奇怪外套，雙腳好像山羊的腳一樣重度彎曲，腳尖形狀則有如飯匙。一郎雖然覺得不舒服，但還是盡量保持冷靜，詢問男子：

「你認識山貓嗎？」

結果，男人斜眼看著一郎的臉，咧嘴一笑，說道：
「山貓大人不久後就會回到這裡。你就是一郎先生，對吧？」
一郎大驚失色，向後退了一步，問道：
「咦？我就是一郎，但你怎麼知道？」
畸形男子笑得更加開心。
「那麼，你看過明信片了吧？」
「看過了，所以我才來到這裡。」
「上頭的句子寫得很不通順吧？」語畢，男子低頭，露出哀傷的神情。
一郎於心不忍，安慰他：
「那些句子寫得很不錯啊。」
男子開心地大口喘氣，連耳根子都漲紅了。他拉開和服衣領，讓風灌進衣內，一邊問道：
「那些字也寫得不錯嗎？」
一郎忍不住笑著回答：
「字寫得很漂亮，我想就連五年級學生也沒辦法寫得那麼好吧？」

男子突然露出不悅的表情。

「你所謂的五年級學生，是指小學五年級嗎？」

他的聲音聽起來有氣無力，一郎連忙回答：

「不是，是大學五年級！」

男子又笑逐顏開，整張臉簡直就像只剩嘴巴一樣張口大笑，他開心地大喊：

「那張明信片是我寫的！」

一郎按捺著笑意，詢問他：

「請問你是哪位？」

男人突然正經八百地說：

「我是山貓大人的馬車伕。」

就在此時，一陣強風吹過，草原泛起陣陣波浪，車伕突然畢恭畢敬地鞠躬行禮。

一郎覺得納悶，轉身一看，只見山貓身穿黃色外褂，睜大圓滾滾的碧綠雙眼，就這麼站在那裡。一郎心想，山貓的耳朵果然又尖又挺。山貓向一郎鞠躬致意。一郎也彬彬有禮地問候山貓。

「你好，謝謝你昨天寄來的明信片。」

山貓輕拉鬍鬚，挺起肚子說：

「你好，謝謝你遠道而來。實不相瞞，前天這裡發生了一場麻煩的爭執，我很苦惱，不知該如何裁決，因此想徵詢你的意見。不過，請你先休息一下，橡實們應該很快就會過來了。我每年都因為這場判決煩惱不已。」

山貓從懷裡取出香菸盒，拿起一根叼在嘴上，又朝一郎遞出一根並問道：

「要抽根菸嗎？」

一郎吃了一驚，回答：

「不用了。」

山貓發出豪爽的笑聲說：

「呵呵，你還年輕呢！」

牠點燃火柴，故意皺起臉，呼出青白色的煙。山貓的馬車伕直挺挺地站著，但看起來就像在努力忍住抽菸的念頭，兩行眼淚不斷流呀流。

就在此時，一郎腳邊傳來宛如鹽巴四散飛濺的聲音，他驚訝地蹲下一看，這才發現草叢裡四處都有金黃色的圓形物體正在閃閃發光。仔細一瞧，那些圓形物體全是穿著紅色褲子的橡實，數量少說有三百顆，大家七嘴八舌地，好像在說些什麼。

「啊，他們來了。就像螞蟻一樣，成群結隊的。喂，你快去搖鈴。今天那邊日照充足，快把附近的草割一割。」

山貓丟掉香菸，急忙交代馬車伕。馬車伕也慌慌張張地從腰間拿出一把大鐮刀，迅速割掉山貓面前那塊草地。橡實們閃閃發光，從四面八方的草叢裡冒出來，哇哇大喊。

馬車伕鏗噹鏗噹地搖起鈴來，鈴聲響遍整座榧樹森林，那群金黃色橡實稍微靜了下來。山貓身上不知何時換上了黑色絲質長袍，有模有樣地坐在像實面前。一郎心想，橡實與山貓那模樣簡直就像信眾參拜奈良大佛的畫作一樣。馬車伕舉起皮鞭揮舞了兩、三下，發出咻啪咻啪的聲響。

天空清澈蔚藍，照得橡實閃閃發光，美不勝收。

「判決今天已經進入第三天，你們也差不多該和解了吧？」

山貓面露難色，但仍故作強硬地勸誡橡實。沒想到他們竟七嘴八舌地大喊：

「不不，這可不行。不管怎麼說，都是頭尖尖的橡實最了不起。而我的頭是最尖的！」

「不，才不是。圓滾滾的橡實最了不起。最圓的就是我。」

「應該是最大的才對，最大的橡實才最了不起。我是最大的，所以我最了不起！」

「才不是呢，昨天法官不是已經說過，我比你更大嗎？」
「你們說的都不對，是個子最高的啦。個子最高的最了不起。」
「是力氣最大、可以推倒別人的才了不起。用互推決定吧！」
橡實們你一言我一語，簡直就像捅了馬蜂窩一樣混亂，根本聽不懂他們在說些什麼。就在此時，山貓大吼：
「吵死了！我知道你們的意思了。大家安靜，別再吵了！」
馬車伕揮舞皮鞭，發出聲響，橡實們這才安靜下來。山貓以手指捲起鬍鬚說：
「判決今天已經進入第三天，你們也差不多該和解了吧？」
橡實們聽見這句話，又紛紛開口。
「不不，這可不行。不管怎麼說，都是頭尖尖的橡實最了不起。」
「不，才不是。圓滾滾的橡實最了不起。」
「才不是呢。是最大的才對。」
嘰哩呱啦、嘰哩呱啦，根本聽不懂他們說些什麼。
「閉嘴，吵死了！我知道你們的意思了。大家安靜，別再吵了！」
馬車伕揮舞皮鞭，發出聲響。山貓手指捲起鬍鬚說：

「判決今天已經進入第三天，你們也差不多該和解了吧？」

「不、不，不行。頭尖尖的橡實才是最……」嘰哩呱啦、嘰哩呱啦。

山貓大喊：

「吵死了！我知道了。大家安靜，別再吵了！」

馬車伕揮舞皮鞭，發出聲響，橡實們全安靜下來。山貓悄悄對一郎說：

「情況正如你所見。你說，我該怎麼辦才好？」

一郎笑著回答：

「既然如此，你不妨這樣說吧！告訴他們，他們之中最笨、最胡作非為、最不像樣的橡實，才是最了不起的。這方法是我聽人家說的。」

山貓恍然大悟似地點點頭，擺出架式，敞開黑色絲質長袍領口，稍微露出黃色短褂，對那群橡實說：

「很好，大家安靜聽我的判決。你們之中最不起眼、最愚笨、胡作非為、不像樣、腦袋扁塌的傢伙，正是最了不起的！」

橡實鴉雀無聲，全都啞口無言、僵硬地呆站原地。

山貓脫下黑色絲質長袍，拭去額頭上的汗水，並牽起一郎的手。馬車伕興高采烈地揮動皮鞭五、六下，發出咻啪咻啪的聲響。山貓這麼說：

「實在太感謝你了。你只花了一分半鐘，就幫我解決如此難纏的判決。請你擔任我山貓法院的名譽法官吧。以後我寄明信片給你，不知道你能不能過來幫忙？你每次來，我都會送上謝禮的。」

「我知道了，但謝禮就不用了。」

「這可不行，請你一定要收下謝禮，這可關係到我的為人啊。還有，以後我會將明信片收信人寫成金田一郎『閣下』，並將我這裡寫成『法院』，可以嗎？」

一郎回答：「好，我不介意。」

山貓的表情欲言又止，手指捲起鬍鬚，眼睛眨呀眨地，好不容易才下定決心，娓娓道來：

「另外，關於明信片上的內容，以後我都寫『因有要事，請明日到案裁決』，如何？」

一郎笑著說：

「這樣寫有點奇怪，可不可以請你別這麼寫？」

山貓似乎覺得自己說了不該說的話，手指仍然捲著鬍鬚，一臉遺憾地低下頭去。過了一會兒，牠才好不容易放棄，說道：

「那麼內容就照之前的寫吧。另外，關於今天的謝禮，黃金橡實一升和鹽漬鮭魚頭，你比較喜歡哪一個？」

「我喜歡黃金橡實。」

山貓彷彿在說幸好一郎不是選鮭魚頭似的，立刻交代馬車伕準備謝禮。

「快點去拿一升橡實過來！如果不足一升，就摻入鍍金橡實拿來。動作快！」

馬車伕將剛才那群橡實放入量米的方盒中測量，接著大聲喊道：

「正好一升！」

山貓身上的黃外褂被風兒吹得啪噠作響，牠大大伸了個懶腰，閉上雙眼，半打呵欠地說：

「好，快點把馬車準備好。」

馬車伕牽來一輛以白色大蘑菇打造的馬車。拉車的馬不知為何，竟是鼠灰色的，而且身形怪異。

「我送你回家吧！」山貓說。

兩人坐上馬車，馬車伕將裝滿橡實的量米方盒放入馬車。

咻、啪！

馬車駛離草原，林木如輕煙般搖曳。一郎看著黃金橡實，山貓則是神情恍惚地望著遠方。

隨著馬車不停前進，橡實逐漸變得黯淡無光，不久後，當馬車停下，黃金橡實已全變回咖啡色的普通橡實了；山貓的黃外褂、馬車伕、蘑菇馬車也同時消失無蹤。一郎雙手捧著裝橡實的量米方盒，站在家門前。

從那之後，再也沒有寫著「山貓敬上」的明信片寄來。一郎有時總忍不住想，早知道就回答寫「到案裁決」也可以就好了。

要求很多的餐廳

注文の多い料理店

兩名年輕紳士身穿英國軍服，肩上扛著閃亮的獵槍，牽著兩隻有如白熊的大狗，行經林葉茂密的深山，邊走邊聊：

「這一帶的山實在太詭異了，竟然連一隻飛禽走獸也沒有。什麼動物都好，我真希望可以快點開幾槍試試啊！」

「要是可以對著野鹿的黃肚子射個兩、三槍，一定很痛快吧！野鹿一定會不停轉圈，然後倒地不起吧？」

他們在很深的山裡。就是那種連當嚮導的專業獵人都會迷失方向的深山。加上山勢太過陡峭難行，兩隻有如白熊的大狗累得頭昏眼花，嚎叫幾聲後，一一口吐白沫死了。

「這下我損失了兩千四百圓。」一名紳士稍微翻開大狗的眼皮檢視，說道。

「我可是損失了兩千八百圓啊。」另一名紳士不甘心地歪著頭說。

第一個紳士臉色有點難看，直盯著另一名紳士的臉孔，說道：

「我想回去了。」

「我也覺得又冷又餓，正想打道回府。」

「那麼今天就到這裡告一段落吧！反正只要回程路上，在昨天投宿的旅社花個十圓買幾隻雉雞回去就好了。」

「我記得那裡還有賣兔子。用買的，結果也是一樣嘛。好，我們回去吧！」

然而，傷腦筋的是他們完全摸不著頭緒，不知道該往哪個方向才下得了山。

一陣強風呼嘯而過，芒草沙沙作響、樹葉窸窸窣窣、樹木搖晃響聲。

「我肚子好餓，從剛才開始，我的側腹就疼痛不堪。」

「我也是，不太想繼續走了。」

「我也不想走了。啊啊，傷腦筋，真想吃點東西啊！」

「我也好想吃東西。」

兩名紳士在沙沙作響的芒草中說道。

此時，他們驀然看見後方，竟有一棟氣派的西洋建築。

大門口掛著一塊牌子：「山貓軒西餐廳。」

「你看，這下正好，這種地方居然開了一家餐廳。我們進去瞧瞧吧！」

「哎呀，開在這種地方，未免太奇怪了，但總算可以吃點東西了吧？」

「當然可以，招牌不就寫了嗎？」

「進去看看吧！我餓到快昏倒了。」

兩人來到門口。大門由陶土燒製的白磚塊堆砌而成，氣派非凡。門扉則由玻璃製成，上頭以金色文字寫著一行字：

「歡迎各方人士光臨本店，千萬不用客氣。」

兩人興高采烈地說：

「你看，這世上果然是風水輪流轉，否極就有泰來，今天一整天倒楣到了極點，現在卻碰上此等好事。這間店雖然是餐廳，卻提供客人免費大餐啊！」

「好像是耶，上頭寫的『千萬不用客氣』，應該就是這個意思。」

兩人推開門，一進門就是一條走廊。玻璃門後方，以金色文字這麼寫：

「尤其大大歡迎胖子和年輕人。」

兩人看見「大大歡迎」幾個字，高興得不得了。

「我們大受歡迎耶！」

「因為我們正好兩者都符合啊！」

兩人沿著走廊大步前進，這次碰上了一扇漆成水藍色的門。

「好奇怪的房子，怎麼會有這麼多門？」

「這是俄羅斯風格啦。在寒冷的地方或山上，都是這種構造。」

兩人正準備打開門時，發現上頭以黃色文字寫了這些字：

「本店是要求很多的餐廳，敬請見諒。」

「這家店分明開在深山裡，但看來生意倒是挺不錯的嘛。」

「那當然囉，你想想看，東京的大餐廳也很少開在大馬路旁邊啊。」

兩人邊說，邊打開門。只見門後方，也寫著字：

「本店要求真的很多，請務必忍耐。」

「這究竟是怎麼回事？」其中一名紳士皺起面孔。

「一定是客人要求的菜色太多，得花許多時間準備，所以事先向我們道歉吧？」

「或許是吧，我只想快點找個包廂進去。」

「然後找張桌子坐下。」

只不過令人心煩的是，又出現一道門。門旁掛著鏡子，下頭放置了長柄刷。

門上以紅字寫著：

「請客人在此將頭髮梳理整齊，並刷掉鞋上的泥沙。」

「這倒是十分合理。剛才在大門前，我還因為這家餐廳開在深山就小看它了。」

「真是一家恪守禮儀的餐廳啊。我想一定有很多大人物不時上門光顧吧！」

於是兩人將頭髮梳理整齊，並刷掉鞋子上的泥沙。

結果如何？他們才剛將刷子放回地上，刷子旋即消失無蹤，一陣強風灌入室內。

兩人大吃一驚，緊緊挨著彼此，砰地一聲打開門，走進下一個房間。兩人只想著要快點吃些溫暖的食物補充體力，否則就要撐不下去了。

門後側又寫了奇怪的要求：

「請將獵槍和子彈置於此處。」

仔細一看，旁邊就擺著一張黑色檯子。

「原來如此，揹著獵槍用餐，的確沒有道理。」

「不，一定是常有身分尊貴的大人物光臨這家餐廳。」

兩人卸下獵槍，解開裝子彈的皮帶，置於檯上。

接著又出現一道黑色的門。

「請脫下帽子、外套與鞋子。」

「怎麼辦？要脫嗎？」

「沒辦法，就脫吧。看來裡面的客人確實是相當尊貴的大人物呢！」

兩人將帽子與大衣掛在釘子上，脫下鞋子走進門內。

門的後側寫著：

「請將領帶夾、袖釦、眼鏡、錢包與其他金屬類物品，尤其是尖銳物品，全部放置於此處。」

門旁擺著一個漆成黑色的大型保險箱。保險箱的門敞開，還附上了鑰匙。

「看來有些餐點是用電烹調的，如果身上有金屬，會造成危險。尤其是尖銳物品就更危險了。一定是這個意思吧？」

「大概是吧，照這情況看來，用完餐後應該是在這裡結帳吧！」

「好像是。」

「一定是，沒錯。」

兩人取下眼鏡及袖釦等等，全放入保險箱內，鎖上門。

再往前稍微走一段路，又碰上一扇門，門前放著一只玻璃壺。門上這麼寫：

「請將壺裡的奶油，仔細塗抹在臉和手腳上。」

仔細一瞧，壺裡的確裝著牛奶製成的奶油。

「要我們塗抹奶油，究竟是什麼用意？」

「一定是因為從外頭的天寒地凍突然進到溫暖的室內，為了防止皮膚龜裂吧！想必是裡頭來了一位尊貴的大人物，沒想到我們有機會在這種荒山野嶺與貴族親近呢！」

兩人將壺裡的奶油塗抹在臉與手上，接著脫下襪子，抹在腳上。即使如此，壺裡的奶油還有剩，於是兩人便假裝挖取奶油塗臉，偷偷將奶油吞進肚裡。

然後，他們急急忙忙打開門，發現門背後寫了這些字：

「仔細塗好奶油了嗎？連耳朵也塗了嗎？」

這裡也放著一個裝著奶油的小壺。

「對、對，我忘了塗耳朵，差點就害耳朵裂開了。這家餐廳的老闆可真周到啊！」

「對啊，連這種小地方都注意到了。話說回來，我好想快點吃些東西，可是這家餐廳到處都是走廊，真是無可奈何啊。」

他們面前又出現一道門。

「餐點即將完成，等待時間不超過十五分鐘，馬上就能享用。請快點將瓶中香水，均勻噴灑在您頭上。」

門前放著一個金光閃閃的香水瓶。

兩人拿起那瓶香水，往頭上不停噴灑。

但是，那瓶香水竟散發出醋的味道。

「這瓶香水有股怪怪的醋酸味，怎麼回事？」

「應該是搞錯了，一定是女僕感冒，不小心裝錯了。」

兩人打開門，走進去。

門後方以大大的字體如此寫道：

「本店提出這麼多要求，客倌一定覺得很囉嗦吧？真是過意不去。我們只剩下一個要求：請取出壺中的鹽巴，大量塗抹在您身上，並按摩入味。」

一旁放著一個漂亮的藍色陶製鹽壺，這次兩人終於感到不對勁，驚訝地望著彼此塗滿奶油的臉。

「太奇怪了。」

「我也覺得很奇怪。」

「上面所謂的『要求很多』，是在要求我們啊！」

「所以，所謂的西餐廳，並非我原本所想的，提供西餐給客人享用的餐廳，而是將上門的人煮成西餐吃掉啊！這是、那個，換、換、換言之，我、我、我們……」

紳士全身不停顫抖，再也說不出話來。

「表示我、我們……唔啊！」

另一名紳士也全身打顫，啞口無言。

「快逃……」紳士邊發抖，邊試圖推開背後的門，但不出所料，門板一動也不動。

房間另一邊還有一扇門，上頭開了兩個大鑰匙孔，分別刻成銀色的刀叉形狀，門上寫著：

「辛苦了，您做得很好。快點進來我的肚子裡吧。」

不僅如此，鑰匙孔後面還有一對藍色眼珠骨碌碌地窺視著。

「唔啊！」全身不停顫抖。

「唔啊！」嚇得直打冷顫。

兩人嚎啕大哭。

門裡傳來竊竊私語的聲音。

「不行啦，他們發現了。看來他們不會在身上抹鹽了。」

「當然囉！都怪老大寫得太差勁了。誰叫他寫什麼『本店提出這麼多要求，客倌一定覺得很囉嗦吧？真是過意不去』這種蠢話。」

「隨便啦，反正他連一根骨頭都不會分給我們。」

「對啊，可是如果他們兩個不進來，責任就得由我們來扛了耶。」

「叫他們進來吧！喂，兩位客倌，快來喔！來嘛，來嘛，盤子已經洗好了，蔬菜也都抹好了鹽巴。只剩把你們跟菜葉攪拌均勻，盛到雪白的盤子上而已。快點過來吧！」

「是啊，來嘛，來嘛！還是你們討厭沙拉呢？既然如此，就開火油炸吧！總之，你們快進來吧！」

由於兩人驚嚇過度，整張臉宛如皺巴巴的紙屑，他們面面相覷，身子打顫，哭到聲音都發不出來。

門裡又發出呵呵笑聲，高喊：

「來嘛，來嘛！哭成那副模樣，好不容易塗好的奶油，不就都流掉了嗎？遵命，小的這就過去，小的立刻為您送上餐點。好，你們快進來吧！」

「快點進來啊！老大已經在腿上蓋上餐巾，舉起刀子，伸出舌頭舔舐嘴唇，在等著兩位客倌了。」

兩人哭了又哭，哭了又哭。

就在此時，後方突然傳來「汪、汪，吼！」的聲音。那兩隻有如白熊的大狗撞開門板，衝進房裡。鑰匙孔中的眼珠子頓時失去蹤影，狗兒發出嗚嗚的低吼，在房間繞來繞去，接著又高叫一聲「汪！」，突然朝下一道門衝了過去。門板應聲打開，狗兒彷彿被吸入門內似地飛奔出去。

門的彼方一片漆黑，黑暗中傳來「喵嗚，吼，呼嚕呼嚕」的叫聲，接著是物體摩擦碰撞的聲音。

房間化為輕煙，消失無蹤。兩人站在一片雜草中，冷得顫抖。

仔細一看，他們的衣物、鞋子、錢包和領帶夾，都掛在稍遠的樹枝上、散落在附近的樹根旁。強風呼嘯而過，芒草沙沙作響、樹葉窸窸窣窣、樹木搖晃響聲。

狗兒發出低吼，走了回來。

後方傳來「老爺、老爺」的叫聲。兩人頓時打起精神，高喊：

「喂，喂，我們在這邊，快點過來！」

頭戴蓑帽的專業獵人撥開草叢走了過來。

這下兩人終於安心了。

他們吃了獵人帶來的糯米糰，回程路上花了十圓購買雉雞，回到東京。

只不過，兩人哭得如廢紙團般皺巴巴的臉孔，即使回到東京、泡了熱水澡，仍舊無法復原。

水仙月四日

水仙月の四日

雪婆婆出遠門去了。

有著貓一樣的耳朵、一頭灰色亂髮的雪婆婆，越過西方山脈閃耀刺眼的積雲，前往遠方了。

一個小孩身上裹著紅色毛毯，小腦袋裡一邊想著焦糖糖果的事，一邊急急忙忙穿過象頭形狀的雪丘山腳，匆匆趕路回家。

（只要把報紙捲成圓錐狀，朝裡頭呼呼吹氣，木炭就會冒出藍色火焰。在熬煮焦糖的鍋裡放入一把紅砂糖，再放進一把粗糖。接著只要倒入水，煮到沸騰就好了。）

小孩滿腦子淨想著焦糖糖果，往家裡的方向加緊腳步。

在遙遠、清澈而寒冷的天空，太陽猛烈燃燒著炫目的白色火光。

火光朝向四方筆直發射，並落到下方來，將寂靜無聲的臺地積雪映照成一整面耀眼奪目的雪花石膏板。

兩隻雪狼吐出鮮紅的舌頭，走在象頭形狀的雪丘上方。人類看不見牠們，但每當颳起狂風，牠們便會從臺地邊緣的白雪上，踏過蓬亂雪雲，在空中四處奔馳。

「咻，就跟你們說，別跑那麼快嘛。」

雪狼身後慢慢走來一個雪童子，他的後腦勺上戴著白熊毛皮縫製的三角帽子，臉頰如蘋果般紅通通的。

兩隻雪狼甩頭轉了一圈，又吐著鮮紅色的舌頭跑遠了。

「仙后座，
水仙花快開了，
快點喀啦轉動
你的玻璃水車。」

雪童子仰望蔚藍天空，對著看不見的星辰高喊。青藍色光芒化為波浪，從空中洶湧而降；兩隻雪狼在遙遠的前方，吐著火焰般的紅色舌頭喘氣。

「咻，快回來，咻。」

雪童子氣呼呼地跳起來斥責雪狼。他原本清楚映照在雪上的影子，變成一道刺眼的白光。雪狼豎起耳朵，一溜煙地跑回來了。

「仙女座，
馬醉木花快開了，
快點咻咻噴出
你手提燈的酒精。」

雪童子如一陣風，爬上象頭形狀的山丘。風兒在白雪上留下貝殼般的紋路，山丘頂上有棵高大的栗子樹，樹上結著一顆顆美麗的金黃色槲寄生漿果。

「幫我摘下漿果。」

雪童子邊爬上山邊說。其中一隻雪狼一看見主人小小的牙齒閃爍光芒，立刻如皮球般躍向樹幹，用力啃咬結了紅色果實的小樹枝。雪狼在樹上彎著脖子不停啃咬，又大又長的影子落在雪地上，樹枝終於露出綠色樹皮和黃色樹心，斷成了兩截，落在剛爬上山丘的雪童子腳邊。

「謝謝。」

雪童子撿起樹枝，眺望遠方坐落在白色與藍色原野間的美麗小鎮。河川波光粼粼，車站冒起一道白色煙霧。雪童子目光落在雪丘山腳。山邊積雪的小徑上，剛剛那個裹著紅色毛毯的小孩，正一心一意趕往位於山中的家。

「那孩子昨天拉著裝滿木炭的雪橇出門，一定是買了糖，自己回來了。」

雪童子笑道，將手中的槲寄生樹枝拋向小孩。樹枝宛如子彈筆直飛去，正好落在小孩眼前。

小孩嚇了一跳，撿起樹枝，左右張望。雪童子笑著甩了一下手中的皮鞭。

結果，萬里無雲的群青色天空上，突然落下一整面如鷺鷥羽毛般潔白的雪花，讓這個又靜謐又美麗、由山丘下的平原雪地、啤酒色日光與茶色檜木組成的星期天，變得更加唯美迷人。

小孩拿著樹枝，再度拚命加快腳步。

然而，鵝毛大雪停止時，太陽似乎移向了更遙遠的天空，在途中重新燃起耀眼的白色火光。

接著，西北方微微颳起一陣風。

天空也越來越寒冷。遙遠的東方海邊，彷彿打開了天空上的機關一樣，傳來一陣微弱的喀噠聲響，不斷有許多微小物體，從已在不知不覺中變成了純白鏡子的太陽面前橫越而過。

雪童子將皮鞭夾在腋下，用力環抱雙手，緊閉雙唇，直盯著風吹來的方向。雪狼也伸長脖子，頻頻看往同一個方向。

風越來越大，腳邊積雪如流水般往後流動；不久，對面山脈頂端冒起一陣白煙，轉眼之間，西方已徹底變成昏暗的灰色。

雪童子眼中如烈火燃燒，閃爍著銳利光芒。天空變成白茫茫一片，風兒也彷彿撕裂大地般席捲而來，天上又落下乾燥細小的雪花。四周盡是一片灰濛濛的白雪，讓人分不清究竟是雪，抑或是雲。

雪丘山脊上，各處同時響起嘎吱嘎吱的聲響，彼方的地平線與小鎮頓時淹沒在昏黑煙霧裡，只剩雪童子的白色身影，朦朧佇立其中。

呼嘯嘶吼的狂風中，傳來一道詭異的說話聲：

「咻，你們拖拖拉拉地幹什麼？快點下雪！快點下雪！咻咻咻，咻咻咻，快點下雪，快點吹起雪來啊！別拖拖拉拉的。這麼忙，你們還偷懶。咻、咻。虧我還特地從另一邊帶了三個幫手過來。好，快下雪吧！咻！」

雪童子就像被閃電打到一樣跳了起來。雪婆婆回來了。

啪！雪童子揮響皮鞭，雪狼們立刻跳了起來。雪童子臉色鐵青，緊閉雙唇，帽子也飛走了。

「咻，咻，快點認真工作！不准偷懶！咻、咻！你們好好工作。這一帶今天是水仙月四日！努力工作，咻！」

雪婆婆那頭凌亂又冰冷的白髮，在風雪中捲成漩渦；即便是在洶湧滾動的烏雲之間，也看得見雪婆婆的尖耳朵，以及閃爍著懾人光芒的金黃眼眸。

雪婆婆從西方原野帶來的三個雪童子個個面無血色、緊咬著嘴唇，彼此也不打聲招呼，只忙著揮舞手中的皮鞭，四處奔走。大雪遮蔽了視線，已分不清哪裡是雪丘、哪裡是白雪揚起的煙霧、哪裡是天空了。雪童子只聽得見雪婆婆四處奔走吼叫的聲音，以及此起彼落的皮鞭聲，還有正在雪中奔馳的九隻雪狼的喘氣聲。在這些聲音當中，雪童子不經意聽見了剛剛那個小孩被狂風淹沒的哭聲。

雪童子眼中驀然燃起一道火光。他佇立原地思索了一會兒，接著突然猛力揮舞皮鞭，往小孩的方向奔去。

但雪童子似乎走錯了方向，撞上南方遠處的黑色松山。雪童子再次將皮鞭夾入腋下，豎耳傾聽。

「咻、咻，偷懶的人會有什麼下場，我可不管喔！快點下雪，快點下雪！快，咻！今天是水仙月四日！咻、咻、咻、咻咻！」

猛烈的風雪中，雪童子又隱約聽到小孩清亮的哭聲，他立刻筆直奔往聲音傳來的方向。途中，雪婆婆凌亂的長髮還驚悚地拂過雪童子的臉頰。在山嶺上的雪地裡，強風環伺下，那個裹著紅色毛毯的小孩雙腳陷入積雪拔不出來，他踉踉蹌蹌地用雙手撐在雪上，哭著想爬起來。

「用毛毯蓋住頭，臉朝下趴著。用毛毯蓋住頭，臉朝下趴著。咻！」

雪童子邊跑邊喊，但那話語聲在小孩耳裡不過是一陣風，小孩是看不見雪童子的。

「臉朝下趴著。咻！千萬不能動，暴風雪過不久就會停了。用毛毯蓋住頭，臉朝下趴著。」

雪童子又跑回來大聲呼喊，小孩依舊掙扎著想爬起來。

「趴下，咻！閉上嘴，趴好別動。今天不怎麼冷，不會凍死人的。」

雪童子再次大聲呼喊，奔過小孩身旁。小孩仍撇著嘴，哭著想爬起來。

「趴下啊！看來是不行了。」

雪童子奮力撲上前，撞倒小孩。

「咻！再認真一點，不准偷懶！快點，咻！」

雪婆婆過來了。暴風雪中，隱約可見雪婆婆的血盆大口和尖牙。

「哎呀，怎麼有個小孩？對，對，把他抓過來。今天可是水仙月四日，抓走一、兩個人也沒關係。」

「對啊，沒錯。好，去死吧！」

雪童子故意用力撞倒小孩，同時悄悄對他說：

「你快趴下，千萬別動。乖乖聽話，別動喔。」

那群雪狼也在四周瘋狂奔馳，雪雲之間隱約可見牠們黑色的腳丫。

「沒錯，幹得好。好，繼續下雪吧！偷懶的人會有什麼下場，我可不管喔！咻咻咻、咻咻！」

雪婆婆飛向另一邊去了。

小孩又試著爬起身來。雪童子笑著，再次用力推倒他。這時，四周早已昏暗朦朧，時間還不到下午三點，卻像日暮西山似的。小孩筋疲力盡，不再試圖掙扎。雪童子笑著伸出雙手，拿起紅色毛毯蓋住小孩全身。

「乖乖睡吧，我會幫你蓋很多棉被，這樣就不會凍僵了。好好作個焦糖糖果的美夢，一覺睡到明天早上吧！」

接著，雪童子在小孩身上覆蓋一層又一層的雪。轉眼間，雪地上就看不見紅色毛毯了，小孩身上的雪積得跟四周一樣高。

「那個小孩手上，還拿著我給他的槲寄生樹枝。」

雪童子低聲呢喃，一副快哭了的模樣。

「動作快，認真工作，今天到半夜兩點前都不准休息。這一帶是水仙月四日，所以不准偷懶！快點，再多下一點雪！咻、咻咻、咻咻！」

雪婆婆在遠處的狂風中疾呼。

風雪就在凌亂的灰暗烏雲中下個不停，直到太陽下山。暴雪下了整夜，好不容易接近黎明時分，雪婆婆再次從南邊直奔北方，並大聲呼喊：

「好，你們差不多可以休息了。我接下來要往海的方向去，你們誰也不用跟來。好好休息，為下次做準備。這次成果還不錯，水仙月四日總算順利結束了。」

雪婆婆的雙眼在黑暗中閃爍著詭異藍光，一頭凌亂長髮在風中翻騰捲動，她嘴角抖動，飛往東方去了。

原野與山丘彷彿都鬆了口氣，雪地閃耀著蒼白光芒。天空不知不覺放晴了，滿天星辰在桔梗色的蒼穹之上眨著眼。

雪童子們這時才帶著自己的雪狼，跟彼此打招呼。

「這次下得真猛烈啊。」

「就是說啊。」

「下次什麼時候才會再見面呢？」

「不知道，不過今年應該還得再下兩次吧？」

「真想快點一起回北方呢！」

「對啊。」

「剛剛有個小孩死了，對吧？」

「他沒事，只是在睡覺。我會去他那裡做個記號。」

「啊，原來如此。那我們走囉！天亮之前得趕回去才行。」

「好啊，不過，有件事我一直想不通。那三顆不是仙后座的星星嗎？三顆都燃燒著藍色的火焰吧？但是，為什麼火燒得越旺，越能招來風雪呢？」

「就跟棉花糖一樣道理啊。你看，棉花糖不是一直轉個不停嗎？就是這樣，粗糖才會變成鬆軟的棉花糖，對吧？所以火要燒得旺一點才好啊。」

「原來如此。」

「那麼，再會了。」

「再見。」

三名雪童子帶著九隻雪狼，往西方回去了。

不久後，東方天空泛起黃玫瑰般的晨曦，帶著琥珀色光澤，最後，金黃色的陽光燃起。山丘和原野都覆上了一層新雪。

雪狼們累得趴在地上，雪童子也坐在雪地上，他的臉頰紅得像蘋果，呼出的氣息如百合般芬芳。

燦爛的太陽爬上山頭。今天清晨的日光帶著一抹藍，顯得更加耀眼。桃色陽光傾瀉大地，雪狼站起身來，張大嘴巴，口中冒出搖曳的藍色火焰。

「你們跟我來，天已經亮了，我們得去叫醒那個小孩。」

雪童子奔向昨天白雪埋沒小孩的地方。

「快幫我踢開這裡的雪。」

兩隻雪狼立即用後腳踢開附近的積雪，風兒則是將那些雪吹往彼方，宛如煙霧一般。

這時，有個腳上套著雪鞋、身上穿著毛皮的人，從村子方向急忙趕了過來。

「可以了。」

雪童子看見雪地裡隱約露出紅色毛毯的一角，便高喊：

「你爹來了！快點醒來吧！」

雪童子奔上後方山丘，揚起一道雪，如煙霧迷漫，同時一邊大聲呼喊。小孩似乎扭動了一下，身穿毛皮的人也拚命奔跑過來。

穿越雪原

雪渡り

其一　小狐狸紺三郎

白雪徹底凍結，變得比大理石還堅硬，天空也彷彿冰冷平滑的藍色石板。

「硬雪鏗鏗，凍雪沙沙。[1]」

太陽白皚皚地燃燒，散發出百合的芬芳，照得雪原閃閃發光。

樹木枝椏彷彿撒上了粗砂糖，覆蓋著一層冰霜，晶亮耀眼。

「硬雪鏗鏗，凍雪沙沙。」

四郎與歡子踏著小小的草編雪靴，蹦蹦跳跳地走在原野上。

對他們而言，再也找不到這麼開心的日子了。無論是平常禁止進入的玉米田，或是長滿芒草的原野，他們都能盡情玩耍。平坦的土地就像一片木板，如同許多面小小鏡子一樣反射著太陽，閃閃發光。

「硬雪鏗鏗，凍雪沙沙。」

兩人來到森林附近，高聳的柏樹枝椏掛滿了晶瑩剔透的巨大冰柱，沉重地彎垂著身子。

「硬雪鏗鏗，凍雪沙沙。小狐狸想娶新娘，想娶新娘。」兩人對著森林高聲叫喊。

森林靜謐無聲，兩人大吸一口氣，正準備再次吶喊時，森林裡傳出一道聲音：
「硬雪鏗鏗，凍雪沙沙。」
一隻白色小狐狸說，踏著雪地走了出來。
四郎吃了一驚，連忙將歡子拉到身後護著她，接著踩穩腳步，對著狐狸大叫：
「狐狸嗷嗷白狐狸，想娶新娘的話，我幫你找。」
狐狸個子雖小，卻捻著一根銀針般的鬍鬚回道：
「四郎鏗鏗，歡子沙沙，我不需要新娘。」
四郎笑著說：
「狐狸嗷嗷，小狐狸不要新娘，要年糕嗎？」
結果小狐狸搖了兩、三下頭，打趣地說：
「四郎鏗鏗，歡子沙沙，我給你們玉米糰子吧？」
歡子覺得有趣極了，躲在四郎背後，悄悄唱起歌來。
「狐狸嗷嗷小狐狸，狐狸的糰子，食材是兔子便便。」

1 「硬雪鏗鏗，凍雪沙沙」，改編自宮澤賢治家鄉岩手縣的童謠歌詞。

小狐狸紺三郎[2]聽到她的歌聲，笑著說：

「不，絕對沒那回事。像你們這麼了不起的人類，怎麼可以吃兔子便便做的棕色糰子？我們狐狸多年來一直被冠上莫須有的罪名，說我們欺騙人類。」

四郎驚訝地問：

「所以，相傳狐狸會騙人，是假的嗎？」

紺三郎熱情地回答：

「當然是假的，而且是天大的謊言。那些說自己被狐狸欺騙的人，不是喝醉了，就是驚慌失措的膽小鬼。我告訴你一件有趣的事，前幾天某個月夜，甚兵衛老爹坐在我們家門口，唱了一整晚的淨琉璃[3]。」

四郎大喊：

「甚兵衛老爹才不唱淨琉璃呢！他唱的一定是浪花曲[4]。」

小狐狸紺三郎露出恍然大悟的表情說：

「沒錯，應該就是浪花曲。總之，你們快點吃糰子吧！我的糰子是我自己耕田、播種、鋤草、收割、磨粉、揉捏、蒸煮，再撒上砂糖製成的。要不要吃一點？我分一盤給你們吧？」

四郎笑道：

「紺三郎，我們剛剛才吃過年糕，肚子還不餓，等下次過來再吃吧！」

小狐狸紺三郎開心地伸出短短的雙手，一邊揮舞一邊說道：

「這樣啊，那就等下次幻燈會的時候，我再請你們吃吧！你們一定要來喔，就在下次冷得白雪也結凍的月夜舉行。幻燈會八點開始，我先把入場券給你們吧！該給你們幾張才夠呢？」

「那就給我五張吧！」四郎說。

「五張嗎？你們兩人各一張，剩下三張要給誰？」紺三郎問。

「給我們的哥哥。」四郎回答。

「你們的哥哥都未滿十一歲吧？」紺三郎又問。

「不，小哥哥就讀四年級，所以八歲加四歲等於十二歲，他十二歲了。」四郎回

---

2 小狐狸出場時並沒有介紹名字，但隨著故事進展自然成了「紺三郎」，這種手法常見於日本童謠，例如〈烏鴉勘三郎〉。

3 淨琉璃，日本傳統戲曲表演的一種，以三味線伴奏。

4 浪花曲，日本民間說唱藝術的一種，內容多為民間故事，由單人表演，以三味線伴奏。

答。

於是，紺三郎鄭重其事地再度捻起一根鬍鬚，說道：

「很可惜，你們的哥哥不能參加。你們兩個來就好，我會幫你們留兩個特別座，所以一定要來喔！幻燈會很有趣喔！第一張幻燈片的內容是『不該喝酒』，照片拍的是你們村裡的太右衛門跟清作，喝酒喝到頭昏眼花，竟想跑到原野上吃奇形怪狀的豆沙包和蕎麥麵，照片裡也拍到了我。第二張的內容是『小心陷阱』，這張幻燈片畫了我們紺兵衛在原野中掉入陷阱的場面，是用畫的，不是照片。第三張則是『切莫小看火焰』，這是我們紺助去你家時，尾巴著火燒起來的景象，請你們一定要過來看看。」

兄妹倆開心地點頭。

狐狸咧嘴歡笑，開始踏起腳步踢踢跳跳踢踢跳跳。牠搖頭擺尾思索了一會兒後，似乎終於想到什麼好主意，便揮舞雙手，數著節拍唱起歌來。

「凍雪沙沙，硬雪鏗鏗，

原野上的豆沙包熱燙燙。

喝醉酒走不穩的太右衛門，

去年吃了三十八個。

凍雪沙沙，硬雪鏗鏗，

原野上的蕎麥麵熱呼呼。

喝醉酒走不穩的清作，

去年吃了十三碗。」

四郎和歡子也隨之起舞，與狐狸一同手舞足蹈。

踢、踢、跳跳。踢、踢、跳跳。踢、踢、踢、踢、跳跳跳。

四郎接著高唱：

「狐狸嗷嗷小狐狸，去年狐狸紺兵衛，左腳踩進陷阱裡，嗷嗷哭喊，不斷掙扎，嗷嗷嗷。」

歡子也引吭高歌：

「狐狸嗷嗷小狐狸，去年狐狸紺助，偷吃烤魚不小心，火燒屁股，燙得唉唉叫。」

踢、踢、跳跳。踢、踢、跳跳。踢、踢、踢、踢、跳跳跳。

他們三個就這樣載歌載舞地走進森林，厚朴樹的嫩芽如紅色封蠟，隨著寒風搖曳發光；藍色樹影映照在林中雪地，形成了一面網；日光灑落之處，看起來就像綻放在雪地裡的銀色百合。

小狐狸紺三郎說：

「我們去叫小鹿來吧！小鹿很會吹笛子喔！」

四郎與歡子拍手叫好。於是，三人一同扯開嗓子高喊：

「硬雪鏗鏗，凍雪沙沙，小鹿想娶新娘，想娶新娘。」

話音剛落，對面便傳來柔細悅耳的回應聲：

「北風呼呼風三郎，西風颯颯又三郎。」

小狐狸紺三郎噘起嘴，不屑地說：

「那就是小鹿，牠很膽小，我認為牠應該不會過來。不過，我們再喊一遍試試看吧？」

於是，三人又大喊：

「硬雪鏗鏗，凍雪沙沙，小鹿想娶新娘，想娶新娘。」

遠方又傳來回應，只不過聽不出那究竟是風聲、笛聲，還是小鹿的歌聲。

「北風呼呼，雪花鏗鏗，

西風颯颯，雪花轟轟。」

狐狸又捻起鬍鬚說：

「雪變軟了，無法繼續前進，你們回家吧。下次月夜，等雪地結凍了，你們一定要過來喔！我們會舉辦剛剛說的幻燈會。」

四郎和歡子聽見牠的話，便一邊唱著「硬雪鏗鏗，凍雪沙沙」，一邊穿越銀白色的雪地，回家去了。

「硬雪鏗鏗，凍雪沙沙。」

其二　狐狸小學的幻燈會

農曆十五晚上，又圓又大的藍白月亮，靜謐地爬上冰之上山。

雪地閃爍著藍光，今天也凍得像寒水石一樣堅硬。

四郎想起和狐狸紺三郎的約定，悄悄對妹妹歡子說：

「今晚有狐狸的幻燈會。你要不要去？」

歡子雀躍地高聲大喊：

「要去！我要去！狐裡嗷嗷小狐狸，嗷嗷狐狸紺三郎。」

二哥二郎聽見他們的話，便說：

「你們要去狐狸那裡玩嗎?我也想去。」

四郎為難地縮起肩膀說:

「哥哥,可是入場券上寫了,狐狸幻燈會只限十一歲以下的小孩參加。」

二郎說:

「寫在哪?借我看一下。哈哈,『拒絕十二歲以上、非本校學生父母兄姊的來賓入場』,那群狐狸辦事還真周到呢。看來我是不能去了。沒辦法,你們要去的話,順便帶點年糕去吧,就帶這塊供奉給神明的大年糕去吧。」

四郎和歡子穿上小小的雪鞋,揹著年糕走出門外。

一郎、二郎、三郎三個哥哥並肩站在門口對他們高喊:

「你們路上小心,要是碰上成年狐狸,記得趕緊閉上眼睛喔。我們幫你們加油助陣吧!硬雪鏗鏗,凍雪沙沙,小狐狸想娶新娘,想娶新娘。」

月亮高掛夜空,藍白色霧靄環繞森林。兩人來到森林入口。

那裡已經站著一隻胸前別著橡實徽章的白色小狐狸。

「兩位晚安,你們來得真早,有帶入場券嗎?」

「有。」兩人拿出入場券。

「好，請跟我來。」小狐狸鄭重地彎腰作揖，並眨了眨眼睛，伸手指向森林深處。

月光像一根又一根的藍色柱子，斜斜穿過樹林投射進來。兄妹倆來到林中一片空地。

仔細一瞧，空地上已經聚集了許多狐狸學校的學生，有的拿栗子皮互相扔來扔去，有的在玩相撲。更有趣的是，有一隻跟小老鼠差不多大的小狐狸，騎在體型較大的狐狸肩上，想摘星星。

大夥兒面前的樹枝上，掛著一塊白色床單。

後方突然傳出一道聲音：

「歡迎你們今晚光臨，前幾天真是失禮了。」

四郎和歡子大吃一驚，轉身一看，原來是紺三郎。

紺三郎身上穿了一套帥氣筆挺的燕尾服，胸口別上水仙花，並頻頻以白手帕擦拭著牠尖尖的嘴巴。

四郎微微一鞠躬說道：

「上次真是失敬了，也謝謝你今晚的邀請。我帶了一塊年糕過來，請大家嚐嚐。」

狐狸學校的學生全注視著四郎與歡子。

紺三郎挺起胸膛，一本正經地接下年糕。

「謝謝你的禮物，真是不好意思。你們慢慢逛，幻燈會即將開始。我有點事，先告辭了。」

紺三郎捧著年糕走了。

狐狸學校的學生異口同聲地高呼：

「硬雪鏗鏗，凍雪沙沙，硬硬的年糕硬邦邦，白白的年糕白泡泡。」

布幕旁邊架起一塊大木牌，寫著「人類四郎與人類歡子捐贈大量年糕」。狐狸學生興高采烈地鼓掌，就在此時，響起「嗶」一聲笛子聲。

紺三郎輕咳兩聲清清嗓子，從布幕旁走出來，畢恭畢敬地行了一個禮。在場觀眾全安靜下來。

「今晚天氣非常美好，月亮宛如珍珠盤子，星星就像原野上凝結閃耀的露珠。接下來，幻燈會即將開始，請大家不要眨眼，也不要打噴嚏，睜大眼睛仔細看喔。另外，今晚有兩位貴客蒞臨，請大家務必保持安靜，絕對不可以朝他們丟擲栗子皮。我的開場致詞就到此結束。」

大夥兒開心地獻上如雷掌聲，四郎悄悄對歡子說：

「紺三郎口才真好。」

笛子「嗶」了一聲。

布幕上亮起『不該喝酒』幾個大字，標題消失後，旋即出現一張照片，畫面上是一個酒醉的人類老爺爺，手上抓著某種奇怪的圓形物體。

大夥兒踏起腳步引吭高歌。

踢、踢、跳跳。踢、踢、跳跳。

「凍雪沙沙，硬雪鏗鏗，

原野上的豆沙包熱燙燙。

喝醉酒走不穩的太右衛門，

去年吃了三十八個。」

踢、踢、跳跳。踢、踢、跳跳。

照片消失了，四郎悄悄對歡子說：

「那首歌紺三郎唱過。」

接著布幕上出現另一張照片。畫面裡是一個酒醉的年輕人，將臉埋進厚朴樹葉製成的碗內，不知道在吃著什麼。紺三郎穿著白色的和服褲，站在另一邊望著他。

大夥兒又踏著腳步大聲歡唱。

踢、踢、跳跳。踢、踢、跳跳。

「凍雪沙沙，硬雪鏗鏗，

原野上的蕎麥麵熱呼呼。

喝醉酒走不穩的清作，

去年吃了十三碗。」

踢、踢、踢、踢、跳、跳、跳。

照片消失，大夥兒稍事休息。

一隻可愛的狐狸女孩端了兩盤玉米糰子過來。

四郎相當困窘，因為他剛剛才看過太右衛門和清作在不明就裡之下吃了怪東西的畫面。

狐狸學校的學生全望著他們，竊竊私語地談論著：「他們會吃嗎？你覺得他們會不會吃？」

歡子害羞地捧著盤子，漲紅了臉，四郎只好下定決心說道：

「好，就吃吧！我們吃吧，我不認為紺三郎會故意欺騙我們。」

於是兩人將玉米糰子吃個精光，糰子的味道好得讓人齒頰留香。狐狸學校的學生見狀，歡欣鼓舞地跳起舞來。

踼、踼、跳跳。踼、踼、跳跳。

「白晝陽光燦爛耀眼，
夜晚月色皎潔剔透。
即便身體四分五裂，
狐狸學生也不撒謊。」

踼、踼、跳跳。踼、踼、跳跳。

「白晝陽光燦爛耀眼，
夜晚月色皎潔剔透。
即便受凍倒臥在地，
狐狸學生不偷不搶。」

踼、踼、跳跳。踼、踼、跳跳。

「白晝陽光燦爛耀眼，
夜晚月色皎潔剔透。

即便四肢撕裂受傷，

狐狸學生知足不辱。」

踢、踢、跳跳。踢、踢、跳跳。

四郎與歡子也開心到了極點。

笛子「嗶」了一聲。

布幕上出現『小心陷阱』幾個大字，標題消失後，出現一幅畫，畫面上是狐狸紺兵衛左腳被陷阱絆住的情景。

大夥兒唱起歌來。

「狐狸嗷嗷小狐狸，去年狐狸紺兵衛，左腳踩進陷阱裡，嗷嗷哭喊，不斷掙扎，嗷嗷嗷。」

四郎悄悄對歡子說：

「這是我作的歌。」

圖畫消失後，出現『切莫小看火焰』幾個大字。字體消失後，出現一幅畫，上頭是狐狸紺助想偷烤魚，尾巴卻不小心著火的場面。

狐狸學生異口同聲大呼：

「狐狸嗷嗷小狐狸，去年狐狸紺助，偷吃烤魚不小心，火燒屁股，燙得唉唉叫。」

笛子又「嗶」了一聲，布幕亮起，紺三郎再度出場對觀眾說：

「謝謝大家，今晚的幻燈會到此告一段落。有件事，希望今晚到場的各位觀眾好好放在心上，那就是有兩個聰明伶俐且沒喝醉酒的人類小孩，主動吃了我們狐狸做的糰子。所以今後等大家長大，變成了大狐狸，也絕對不能撒謊，或是嫉妒、捉弄人類，讓我們一起消除人類過去對我們狐狸抱持的壞印象吧。我的閉幕致詞就到此為止。」

所有狐狸學生感動得高舉雙手歡呼，起立致意，眼中流下晶瑩剔透的淚水。

紺三郎來到兄妹倆面前，畢恭畢敬地鞠了個躬，說道：

「再見了，後會有期，我絕對不會忘記你們今晚的恩情。」

小兄妹也向牠鞠躬道別，踏上回家的路。狐狸學生紛紛追了上來，朝他們的懷裡和口袋塞進一些橡實、栗子，以及青藍色石頭。

「拿去，這個給你們。」

「拿去，請你們收下吧。」

說完之後，又如一陣風似地跑走了。

紺三郎面帶笑容看著此情此景。

兄妹倆走出森林，來到原野。

他們看見在月光照耀下，藍白色積雪的原野中央出現三道黑影，往他們的方向走來。原來是三個哥哥來接他們回家了。

土地神與狐狸

土神と狐

一

原野北側有一棵樹木孤獨挺立，這裡地勢稍稍隆起，上頭長滿狗尾草，草叢中有一棵美麗的女樺樹。

樺樹並不高大，但樹幹黝黑、充滿光澤，枝椏優美地向外伸展，五月時白花如雲朵般綻放；秋天則落下一片片沾染著金黃色、紅色的樹葉。

因此，候鳥杜鵑和伯勞，以及身形嬌小的鷦鷯與綠繡眼，全都停留在這棵樹上。可是如果有年輕的老鷹飛來，小鳥在遠處發現了老鷹，就一定不會靠過來。

這棵樹有兩個朋友，一個是土地神，祂住在距離五百步遠的泥濘谷地；另一個是從原野南方過來的咖啡色狐狸。

樺樹比較喜歡狐狸，因為土地神雖然頂著神祇的美名，舉止卻十分粗魯，頭髮也像一束束散亂的棉線；眼睛血紅，衣服像海帶一樣皺巴巴的。祂平時總是打著赤腳，指甲又黑又長，但狐狸總是高尚優雅，絕少惹惱或觸怒別人。

但如果細細比較兩人，或許土地神比較老實，而狐狸顯得投機取巧。

二

某個初夏夜，樺樹剛長出新芽嫩葉，四周洋溢著芬芳。天空中，銀河裡白燦燦的滿天星斗，不時抖動搖曳，時暗時明。

星空下，狐狸拿著詩集去找樺樹玩耍。他身穿訂製的藏青色西裝，紅皮鞋發出喀喀聲響。

「真是個寧靜的夜晚啊。」

「對啊。」樺樹輕聲回答。

「天蠍星正在遠處爬行呢，那顆又紅又大的星星，以前在中國稱為火喔。」

「它和火星不一樣嗎？」

「它不是火星。火星是行星，但那顆星可是不折不扣的恆星。」

「行星和恆星是什麼？」

「所謂的行星，就是不會自行發光的星球。換句話說，就是從別處接收光芒，讓自己看起來好像在發光。而恆星則是會自行發光的星星，好比太陽就是恆星。太陽雖然巨大又耀眼，但如果從極其遙遠的地方看過去，在我們眼中可能也會變成一顆小小的星星吧。」

「哎呀，原來太陽也是星星呀？這麼看來，天上不就有好多太陽，不，是好多星星。哎呀，這說法真奇怪，還是太陽吧。」

狐狸洋洋得意地笑道：

「你說得沒錯。」

「星星為什麼會有紅、黃、綠各種五彩繽紛的顏色呢？」

狐狸又志得意滿地大笑，雙手高高在胸前交叉，詩集晃呀晃地，卻也沒掉下來。

「你想知道星星為何有橘有藍，有各種顏色，是嗎？那是因為所有星星一開始都是混濁的雲氣，現在天空裡也有很多。好比仙女座、獵戶座和獵犬座都是。獵犬座星雲呈漩渦狀，還有所謂的環狀星雲，因為長得像魚嘴巴，所以又稱為魚口星雲。現在天空裡也很多那種星雲喔。」

「哎呀，希望有一天我也能看到。魚口形狀的星星，一定很壯觀吧。」

「的確很壯觀，我在水澤的天文臺看過。」

「哎呀，我也想看看！」

「我讓你看吧，其實，我向德國蔡司公司訂購了望遠鏡，明年春天就會寄來，所以很快就能讓你親眼看看了。」狐狸不假思索地這麼說。接著他立即心想：啊啊，我竟然忍不住對唯一的朋友撒了漫天大謊。啊啊，我真差勁。但我絕對不是故意要欺騙她的，只是為了讓她開心，才忍不住撒了謊。將來有機會，一定要跟她澄清一下。狐狸靜靜地思索了半晌，但樺樹並不知情，仍開心地說：

「哎呀，我太開心了，你總是對我那麼親切呢！」

狐狸有點沮喪地回答：

「是啊，而且只要是為了你，無論做什麼我都願意。你要不要讀讀這本詩集呢？作者名叫海涅[5]，雖然是翻譯的，但文筆相當好。」

「哎呀，我借走這本書，不要緊嗎？」

「無妨，請慢慢欣賞。那麼，我先告辭了。對了，我們好像有什麼事還沒說完？」

「關於星星顏色的事。」

「啊啊，沒錯沒錯。不過，下次再聊吧，我也不能打擾你太久。」

「哎呀，沒關係啊。」

5　海因里希・海涅（Christian Johann Heinrich Heine, 1797-1856），德國詩人。

「我改天會再來，再見囉。書先交給你了。那麼，告辭。」狐狸匆匆忙忙地回去了。樺樹被吹來的南風吹響了一身樹葉，她撿起狐狸留下的詩集，藉著來自銀河與滿天星斗的微光，翻起書頁。海涅詩集收錄了羅蕾萊之歌及許多美麗的詩歌，樺樹看了一整晚。只不過，當原野過了三點，金牛宮從東方升起時，她稍微打起盹來。

天亮了，太陽升起。

草枝露水晶瑩剔透，花兒賣力綻放。

土地神的身體就像淋上熔化的銅漿，沐浴在朝陽之下，從東北方慢慢走來。祂雙手抱在胸前，擺出一副通情達理的模樣，悠悠地走了過來。

樺樹雖然有些困惑，但還是閃動綠葉，面向土地神。樹影落在草地上，輕輕搖曳若隱若現。土地神靜靜走來，站在樺樹面前。

「樺樹小姐，你早。」

「早安。」

「本神有很多事情怎麼想都不明白，這世上的難題實在太多了。」

「哎呀，是什麼事呢？」

「比方說，小草明明是從黑色土壤中長出來的，為什麼會綠油油的呢？而且還會開出黃色和白色花朵。我實在想不通啊！」

「會不會是因為小草種子帶著綠色或白色呢？」

「有道理，你這麼說也有道理，不過我還是不明白。比方說，秋天的蕈菇根本沒有種子，土裡卻能冒出一大堆。而且一樣有紅有黃，色彩繽紛，太讓人想不通了。」

「要不要問問看狐狸先生呢？」

樺樹還在為昨晚聊到的星星心醉神往，忍不住脫口而出。

土地神聽到這句話，頓時臉色大變，祂握緊了拳頭。

「什麼？狐狸？狐狸說了什麼？」

樺樹的聲音變得戰戰兢兢。

「牠什麼也沒說，我只是覺得牠可能知道。」

「區區一隻狐狸也敢教神仙道理，成何體統！哼！」

樺樹嚇得不停顫抖，土地神咬牙切齒，雙手高高在胸前交叉，在附近來回踱步。祂黑漆漆的影子落在草地上，連小草都害怕得打起冷顫。

「狐狸那種東西，簡直是世間的禍害。滿口謊言、卑鄙、懦弱又善妒。哼，不知好歹的畜生！」

樺樹重新打起精神，對祂說：

「你的祭典快到了吧？」

土地神臉色稍微緩和下來，回答：

「沒錯，今天是五月三日，還有六天。」

土地神思索了一會兒，又突然大發雷霆怒吼：

「但是，人類實在太不守禮節了。最近，連我的祭典都不帶半個供品來，混帳，下次看誰第一個闖進我的領地，我一定把他拖到泥地裡去！」土地神再度咬牙切齒。

樺樹好不容易撫平祂的怒氣，沒想到又點燃另一把怒火，她實在不知如何是好，只能任憑風兒吹動身上的樹葉，隨之擺盪。土地神曬到陽光，如火上加油一般，高高交叉雙手，咬著牙在附近徘徊。然而祂越想，火氣越是湧上心頭，最後終於再也按捺不住，像野獸咆嘯一樣低吼了幾聲，氣沖沖地回自己的谷地去了。

三

土地神棲身之處是一片跟小型賽馬場差不多大的寒冷濕地，長滿苔蘚、蔓草和短蘆葦，此外還四處可見薊花與矮小扭曲的楊柳樹。由於水氣旺盛，加上水面四處湧出紅色鐵鏽，充滿泥濁，看起來十分噁心。

濕地中央有塊地，像座小島，上頭有一座以原木建成、高約六尺的土地神祠堂。

土地神回到島上，在祠堂旁躺了良久，不時抓抓又黑又瘦的腳。祂看見一隻鳥從自己頭上飛過，立刻坐起身來，大聲「噓」了一下。鳥兒受到驚嚇失去平衡，翅膀和身體彷彿麻痺了一樣，越飛越低，然後便逃向遠方。

土地神笑著站起來。但是一看向樺樹所在的高處，祂臉色立刻變得鐵青，僵在原地不動。接著，祂伸出雙手，猛抓起毛糙凌亂的頭髮，弄得更亂更糟。

此時，谷地南邊來了一名樵夫，他正要前往三森山幹活，沿著谷地邊緣的小徑大步前行。他似乎知道這裡供奉著土地神，所以經過時，不時擔心地望向祠堂。然而樵夫看不見土地神的形體。

土地神見狀十分開心，臉頰也熱了起來。祂朝樵夫的方向伸出右手，再以左手抓住右手腕，往自己身上扯。奇妙的是，樵夫原本走得好端端的，竟然漸漸踩進谷地裡，他受到驚嚇似地加快了腳步，臉色鐵青、張著嘴巴大口喘氣。土地神慢慢轉動右手拳頭，樵夫便逐漸繞起圈子來。樵夫越來越驚慌，呼吸幾乎上氣不接下氣，只能不停在同一個地方繞圈子。他拚命想逃出谷地，但不管再怎麼焦急，仍然在原地打轉。樵夫終於嚇得嚎啕大哭，舉起雙手拔腿狂奔。土地神被逗得哈哈大笑，躺下來欣賞樵夫的窘態。過了不久，樵夫跑得頭昏腦脹，累得癱倒在水中。土地神這才慢慢站起來，邁開大步往樵夫走去，將倒臥在地的樵夫拋向遠處的草原。樵夫重重摔在草地上，發出幾聲呻吟，又稍微動了一下，但仍未清醒。

土地神放聲大笑，笑聲化成奇妙的音波，傳向天空。

傳到空中的聲音立刻又反彈回來，落到樺樹附近。樺樹嚇得臉色丕變，在陽光照射下越來越蒼白，直直發抖。

土地神忍不住以雙手搔著頭髮，獨自沉思起來。我心情這麼鬱悶，都是狐狸害的。與其怪狐狸，更該怪樺樹。都是他們害的。但是，我並不氣樺樹。就是因為我不生樺樹的氣，才會這麼痛苦。既然連樺樹我都不氣了，那麼更不用在乎狐狸。就算我再怎麼卑賤，終究還是個神祇，那麼在意狐狸，實在太沒出息。但難免，心裡仍會介意。忘了樺樹吧！可是，怎麼也忘不了。她今天早上還臉色慘白地全身發抖哩。畫面太過清晰，想忘也忘不了。我在氣頭上，竟然欺負了那個可憐人。沒辦法，無論是誰，憤怒時都不知道自己會做出什麼事來。

土地神懊悔地責怪自己。又一隻老鷹飛過天空，但土地神這次什麼也沒說，只是靜靜地望著。

遠處傳來騎兵演習的槍聲，砰砰砰砰，就像鹽巴爆開的聲音。一陣青煙湧向原野。不知是否吸入了那些硝煙，剛才被拋向草地的樵夫終於清醒，戰戰兢兢地坐了起來，不停朝四周張望。

接著，他猛然起身，一股腦地拔腿就跑，逃向三森山的方向。

土地神看見樵夫的模樣又放聲大笑。祂的笑聲在傳向藍天的途中，又朝樺樹的方向落下。

樺樹再次嚇得葉子的顏色都變了，以肉眼看不見的幅度微微顫抖起來。

土地神繞著自己的祠堂不停繞圈，直到心情平復，才消失形體，進入祠堂。

四

八月某個霧氣深沉的夜晚，土地神懷著說不出的寂寥和滿腔鬱火，走出自己的祠堂。祂的雙腳不知不覺間自動朝著樺樹的方向走。事實上，土地神一想到樺樹，就忍不住揪心，惆悵不已。這陣子，祂心境轉變了不少，所以決定盡可能別去想到狐狸或樺樹，但還是會無法自拔地想到他們。這令祂無可奈何。土地神每天一再告訴自己：就算我再卑賤，終究是個神祇，一棵樺樹對我究竟有什麼價值呢？即使如此，祂依舊悲傷得無法自已。尤其是一想到那隻狐狸，身體就如灼燒般痛苦。

土地神不停鑽牛角尖，一邊往樺樹附近走去。走著走著，他才注意到自己正往樺樹那裡走，頓時心情雀躍了起來。土地神心中湧起一股強烈的念頭，祂不禁心想：我好一陣子沒過去了，樺樹或許正在等著我。沒錯，一定是這樣。如果她真的在等著，就太可憐了。於是土地神邁開大步，用力踩過草地，雀躍地走著。可是，不知不覺間，強而有力的步伐變得踉踉蹌蹌，土地神感到一股藍色的哀傷從頭頂澆了下來，令他不由得停下腳步。原來是狐狸來了。夜幕已低垂，沉浸在朦朧月光下的濃霧另一邊，傳來狐狸說話的聲音。

「沒錯，當然是如此。不能因為機械式地符合對稱法則，就稱之為美。那是一種死亡的美。」

「你說得太有道理了。」樺樹沉靜的聲音傳來。

「真正的美，並非那種僵化固定、如化石模型般的東西，即便符合對稱法則，也必須擁有對稱精神，才是最理想的。」

「我也有同感。」樺樹溫柔的聲音再次響起。土地神覺得現在體內彷彿有一股粉紅火焰正在熊熊燃燒。祂呼吸急促，幾乎無法忍受。土地神責怪自己：到底是什麼讓你如此感傷？那不過是樺樹跟狐狸在原野中的短暫對話罷了！這種小事就讓你心亂如麻，你還稱得上是個神祇嗎？狐狸又說道：

「所以，不管哪一本美學書籍，都會討論這些內容。」

「你有很多美學方面的書嗎？」樺樹問。

「是的，也不是太多。不過，日語、英語、德語書籍的話，大致上都有。義大利的書比較新，還沒寄來。」

「你的書房一定很壯觀吧！」

「不敢當，其實很雜亂，因為還兼作研究室使用。這個角落放了顯微鏡，那個角落放了倫敦時報，凱薩的大理石像橫放在地上，一片混亂啊。」

「哇，太壯觀了，你實在太厲害了。」

狐狸既謙虛又驕傲地哼了一聲，頓時陷入寂靜。

土地神坐立難安，實在待不下去了。聽到狐狸所說的話，可以知道牠比自己優秀多了。以前祂安慰自己，就算再怎麼卑賤，好歹也是個神祇。但是現在不管用了。啊啊，真是鬱悶啊！恨不得馬上衝出去將狐狸扯成兩半。但是，就算是作夢，也不該有這種想法啊。結果我根本遠遠比不上狐狸，到底該怎麼辦才好呢？土地神揪住胸口，苦悶不已。

「你上次提到的望遠鏡還沒寄來嗎？」樺樹又說。

「啊啊，上次的望遠鏡嗎？還沒寄來，因為歐洲航路現在相當混亂，望遠鏡遲遲無法送達。等送來了，我一定立刻帶來給你看。我跟你說，土星環實在太美了！」

土地神立刻伸出雙手摀住耳朵，朝北方狂奔。因為祂害怕自己再繼續聽下去，不知會做出什麼樣的事來。

祂不停奔跑，直到喘不過氣，才猛然倒地。而祂癱倒的地方正是三森山的山腳下。

土地神搔著頭髮，在草地上打滾、嚎啕大哭。祂的聲音宛如晴天霹靂般傳向空中，整片原野都聽得一清二楚。土地神哭啊哭的，直到黎明，累了，才恍恍惚惚回到自己的祠堂。

五

不久，秋天來了。樺樹雖然還一身翠綠，但周圍的狗尾草已經長出金黃色的穗，隨風搖曳閃閃發光，鈴蘭的果實也成熟變紅。

某個秋高氣爽的金黃色晴天，土地神心情好得不得了。祂發覺今年夏天以來的種種痛苦，不知為何全化為過往雲煙，變成了掛在頭頂上的環。更不可思議的是，心中的壞念頭全不知去向了。就算樺樹想跟狐狸說話，祂也無所謂，只要他們聊得開心就好。今天，土地神決定將這件事告訴樺樹，心情輕鬆地走往樺樹的方向。

樺樹遠遠就看到了土地神。

她擔憂地渾身顫抖，等待著祂。

土地神走上前，一派輕鬆地向她寒暄。

「樺樹小姐，早安，今天天氣真好呢。」

「早安，今天的確有個好天氣。」

「大自然的規律真是令人感激。春紅夏白秋黃，當秋天變成黃色，葡萄就會轉為紫色。實在讓人感念在心啊！」

「你說的對。」

「本神今天心情非常愉快，雖然打從今年夏天以來，吃盡了各種苦頭，不過今天早晨心情突然輕鬆了起來。」

樺樹本來想回答，卻不知為何覺得心情沉重，便沒有說出口。

「現在，本神可以為任何人獻上性命。如果蚯蚓非死不可，我也願意代替牠死。」土地神望著遠方的藍天說道。祂的眼神烏黑深邃、視死如歸。

樺樹試著想回答，但依舊覺得沉重不已，於是只能輕輕嘆口氣。

就在此時，狐狸來了。

狐狸看到土地神也在，嚇得臉色大變。不過牠也不好轉頭就走，只能打著哆嗦走到樺樹面前。

「樺樹小姐，你早。那邊那位是土地神吧？」狐狸腳踏紅皮鞋，身穿咖啡色雨衣，頭頂還戴著夏季帽，這麼說道。

「本神是土地神。今天天氣真好，對吧？」土地神真的懷著開朗的心情說道。狐狸嫉妒得臉色鐵青，於是對樺樹這麼說：

「你有客人，我前來打擾，真是失禮。這是上次答應你的書。還有，等到某個晴朗的晚上，我會帶望遠鏡來給你看的。我先告辭了。」

「哎呀，真謝謝你。」樺樹還沒說完，狐狸便立刻轉身離去，也沒向土地神道別。樺樹臉上頓時失去血色，又開始微微發起抖來。

土地神恍惚地望著狐狸離去，過了半晌，祂才看見狐狸的紅皮鞋在草地上閃閃發光，驚訝地回過神來，腦中突然天旋地轉起來。狐狸像是在逞強一樣地抬頭挺胸，快步走向遠處。土地神突然怒火中燒，臉色也頓時鐵青。什麼美學書、什麼望遠鏡！畜生，看我怎麼收拾你！土地神猛然朝狐狸追了上去。樺樹驚慌不已，整棵樹的枝葉都在顫動。狐狸也察覺到不對勁，不經意回頭一瞧，只見土地神已化成凌厲的黑色風暴從後方追上來。狐狸大驚失色，抿起嘴，如疾風似地逃跑。

土地神感覺整片草原都化為雪白火焰，熊熊燃燒。就連藍天也變成了漆黑的洞穴，紅色烈焰就在洞穴底部猛烈燃燒。

兩人像轟鳴疾駛的蒸汽火車一樣狂奔。

「這下完了，這下完了。望遠鏡、望遠鏡、望遠鏡！」狐狸腦海中的一角全心思索著這些念頭，同時像作夢一樣不停奔跑。

遠方有座小小的紅土丘，狐狸繞了土丘一圈，準備鑽進下方圓洞。牠壓低脖子，輕輕抬起後腳，正準備朝洞裡跳進去時，土地神從後方飛奔過來。說時遲，那時快，土地神奮力扭了狐狸身體，牠尖尖的嘴看起來像在微笑，但脖子早已頹軟無力地垂在土地神手中。

土地神將狐狸摔在地上，狠狠踩了四、五腳。然後，祂鑽進狐狸的洞穴，黑漆漆的洞裡空無一物，只有用紅土砌得堅固平整的牆。土地神看呆了，五味雜陳地走出洞外。

狐狸躺在地上，土地神將手伸入狐狸雨衣口袋摸索，口袋裡放著兩根咖啡色的鴨茅穗。土地神張著從剛才就沒閉上的嘴，不知所措地放聲大哭。

祂的眼淚像雨水般滴落在狐狸身上，脖子癱軟的狐狸露出微微一笑，便斷了氣。

滑床山的熊

なめとこ山の熊

提到滑床山的熊，可真是有趣。滑床山是一座大山，淵澤川的源頭就在此山。滑床山一年之中大部分的日子，都吸吐著冰冷的雲霧，四周也淨是一些宛如烏黑海參或海怪的山巒。滑床山半山腰有個空蕩蕩的大洞，淵澤川就是從洞口化為三百尺左右的瀑布，從茂密的檜木和石板之間轟然傾瀉。

中山街道這陣子由於人跡罕至，到處長滿了款冬、虎杖等雜草，為了防止牛隻逃逸，路邊也設立起柵欄。但是，若是撥開草叢沿路走上三里，就能聽見風兒迎面而來、吹過山頂的聲音。留神放眼望去，便能發現一條難以名狀的細長白色物體穿越山間落下，激起一陣煙霧，那正是滑床山的天空瀑布。據說很久以前，那一帶棲息著很多熊。其實，我從未親眼看過滑床山，也沒見過熊膽，都是從別人口中聽來的，或是出於自己的想像，內容未必正確，但是我認為應該沒錯。總之，滑床山的熊膽確實是遠近知名。

滑床山熊膽不但可治腹痛，也可促進傷口癒合。鉛湯溫泉入口，自古就掛著一面「內有滑床山熊膽」的招牌。因此，可以確定滑床山的確有熊，牠們不時吐露紅色舌頭，漫步在幽谷之間；也有小熊在此玩相撲，玩到最後你一拳我一腳地扭打起來。這也讓獵熊名家淵澤小十郎易如反掌地，一隻接著一隻獵捕了那些熊。

淵澤小十郎是個獨眼老頭，個頭又黑又壯，軀幹粗如小石臼，手掌寬大粗厚，好比

宮澤賢治

滑床山的熊

北島毘沙門天為人治病的手印。小十郎夏天總會披上菩提樹皮製成的蓑衣、套上綁腿，帶著番人用的山刀，以及葡萄牙傳來的沉重長槍，並帶領一隻驍勇善戰的黃狗，縱橫往來在滑床山、翠雀蟹甲草溪谷、三叉口、鑿開山、狸穴森林、白澤等地。由於這一帶林木繁盛，若溯溪而上，就像走進一條昏暗的蒼翠隧道，有時眼前豁然開朗，四處閃爍碧綠與金黃光芒；有時陽光則如百花綻放灑落一地。小十郎就像行走在自己家中，不忙不迭地穿梭在山林裡。黃狗時而一馬當先地沿著懸崖奔跑，時而撲通一聲跳入水中，拚命游過混濁可怕的深淵，好不容易爬上對岸岩石，甩動全身，抖落毛上的水珠後，便皺著鼻子等候主人到來。小十郎嘴角微彎，大腿劃開水面、捲起屏風似的白色波浪，雙腳一步一步插入水中，隨即抽起，好像圓規似的畫出一道道漣漪，從容不迫地走來。雖然我不該說這麼多，但是滑床山一帶的熊確實都很喜歡小十郎。證據就是，每當小十郎彎腰鑽過山谷，或是通過溪谷岸邊那片開滿薊花的狹窄平地時，熊群總會靜靜站在高處目送他遠去。牠們雙手抱著樹枝，或抱膝坐在崖邊，津津有味地遠望著小十郎。熊群似乎連小十郎的狗都喜歡。不過，喜歡歸喜歡，熊群仍不樂意正面碰上小十郎。因為那隻狗會像火球一樣飛撲過來，小十郎更是目露凶光，殺氣騰騰地以槍口對準牠們。這時，大多數的熊都會為難地揮手抗拒，抵擋小十郎的攻擊。只不過，每隻熊的個性不盡相同，性情凶暴的熊會站起來大聲咆嘯，彷彿要一腳踩扁黃狗，再伸出雙臂撲向小十郎。但小十郎總是冷靜地躲在樹後，舉起獵槍瞄準熊胸口的彎月形白毛，「砰」一聲發射子彈。中槍的熊發出震撼山林的哀號，倒臥在地，口中汩汩冒出暗紅色鮮血，鼻子輕哼幾聲後便一命嗚呼。小十郎將槍直直地靠在樹幹上，小心翼翼走近熊身旁，告訴牠：

「熊啊，我不是因為恨你才殺你。我是為了賺錢餬口，才不得不殺了你。從前我也幹過不用殺生造孽的工作，但現在我無田可耕，樹木又全歸官府所有；即便離鄉背井討生活，也沒人肯雇用我。我是逼不得已才幹起獵人這行。如果你生為熊是因果報應，我做這種買賣也是因果報應。唉！你下輩子別再投胎當熊了。」

小十郎說這些話時，黃狗也會沮喪地瞇起眼，坐在一旁。

小十郎四十歲那年夏天，一家大小都染上了痢疾，最後兒子和妻子相繼過世，唯獨這隻狗依舊活蹦亂跳。

那之後，小十郎總會從懷裡掏出磨得鋒利的小刀，從熊的下巴往胸口再到腹部一口氣割開熊皮。之後是我最厭惡的景象。總之，我可以確定，小十郎最後會將鮮血淋漓的熊膽放進背後木箱，再將沾滿血漬的毛皮拿到溪谷裡清洗乾淨，捲起來揹在背上，筋疲力竭地走下溪谷。

宮澤賢治

滑床山的熊

小十郎覺得自己彷彿聽得懂熊所說的話。某年早春，山中樹木都還沒長出綠芽時，小十郎帶著黃狗沿著白澤一路往上爬。傍晚，他想起去年夏天前往拔海澤路上的峰頂時，用竹子搭蓋了一間小屋。他想去那裡睡一宿後再啟程，便繼續往山上爬。怎料，小十郎竟然走錯了登山口。

他反覆在谷底和山路間爬上爬下，直到黃狗也累得筋疲力盡，小十郎則是抿著嘴、上氣不接下氣，好不容易才找到去年那間半塌的小屋。小十郎想起小屋下方有座湧泉，才剛走下山幾步，便驚訝地發現一隻母熊帶著一隻剛滿一歲的小熊，像人眺望遠方時舉手遮住額頭一樣，在初六朦朧的月光下，凝望著對面山谷。小十郎彷彿看見那對熊母子身體背後發出一道光芒，他看得出神，呆站原地望著。結果他聽見小熊撒嬌說道：

「媽媽，怎麼看都是雪啊！因為只有山谷這邊變成了白色！一定是雪啦！媽媽。」

母熊定睛凝視了好一會兒，才回答：

「那不是雪啦，雪不可能只下在那邊呀。」

小熊又說：

「因為還沒融化，所以還看得到吧？」

「不對，媽媽昨天才經過那裡看薊花發芽了沒呀。」

小十郎也目不轉睛地望向山谷。

蒼白月光滑過山坡，恰如銀色鎧甲般閃閃發亮。過了一會兒，小熊又說：

「如果不是雪，一定是霜吧。一定是霜。」

小十郎暗忖，今晚的確會下霜，因為月亮附近的胃星凍得蒼白發抖，而月亮本身的顏色也如寒冰凜冽。

「媽媽知道那是什麼了！那個是辛夷花。」

「什麼啊，原來是辛夷花啊！我知道喔。」

「不，你還沒看過辛夷花呢！」

「我看過喔，我前幾天才採了一些回來。」

「不，那不是辛夷花，你採回來的是梓樹的花。」

「是嗎？」小熊裝傻回應。

小十郎心中湧起一股莫名感動，他再看了一眼對面山谷那片白雪般的花海，以及沐浴在月光下、心無旁騖地望著花海的熊母子，便躡手躡腳地不發出聲響往後退。小十郎暗自祈禱，希望風兒別往那裡吹，並緩慢地安靜後退。烏樟樹的芬芳交織著月光，輕柔四溢。

然而，若提起豪放不羈的小十郎前往城鎮販賣熊皮、熊膽時的落魄模樣，可真是令人同情。

鎮上有一間大雜貨鋪，架上擺滿了笊籬、砂糖、磨刀石、金天狗花牌、變色龍標誌的香菸等等，甚至有玻璃製的捕蠅器。小十郎揹著宛如一座小山的熊皮，才一腳跨過雜貨鋪門檻，店裡的夥計立刻露出不屑的冷笑，彷彿在嫌棄他又來了。店老闆則舒適地坐在店鋪後頭的房間裡，在一個大青銅火盆旁取暖。

「老爺，每次都承蒙您關照，感激不盡。」

那個在山裡宛如霸王的小十郎卸下熊皮放在一旁，畢恭畢敬地跪地磕頭請安。

「好說好說，今天來有何貴幹？」

「我又帶了一些熊皮過來。」

「熊皮嗎？你上次帶來的那些還原封不動地擺在倉庫裡，今天就算了。」

「老爺，您別那麼說，請您買下吧。價格便宜一點也可以。」

「再怎麼便宜，都不需要啊。」

老闆悠哉地拿著菸管在手掌上輕輕敲了兩下。每當豪邁的山中霸王小十郎聽到這番話，總會憂心忡忡地蹙起眉頭。因為小十郎家裡，雖然可以上山採栗子，也能從屋後那一小片田地收成一些稗子，但那塊田種不了稻米，家裡也沒有味噌了。高齡九十的老母親，以及尚且年幼的孩子都靠他養，他總得帶些米回去餵飽一家七口。

村裡其他人也種了些麻，小十郎家除了用藤蔓編製幾個籮筐外，種不出任何可以用來織布的作物。小十郎沉默了一會兒，才以沙啞的聲音說：

「老爺，求求您，多少錢都可以，請您買下吧！」

小十郎邊說邊磕頭。

老闆一語不發地吞雲吐霧，藉以掩飾臉上不懷好意的奸笑。

「好吧，你把東西放著就回去吧。平助，拿兩塊錢給小十郎！」

夥計平助拿出四枚大銀幣放在小十郎面前。小十郎滿臉笑容，恭敬地收下銀兩。這時，老闆心情大悅，又說：

「沖野，給小十郎倒杯酒！」

小十郎又開心又興奮。老闆悠哉地閒話家常，小十郎只能正襟危坐地聊起一些山裡的景象。不久，廚房來人告知餐點已準備好。小十郎起身告辭，不過最後還是被拉進廚房，免不了又跟在場人士一一寒暄。夥計接著端出一張黑色小方桌，上頭擺了鹽漬鮭魚生魚片、花枝鹽辛和一瓶酒。

小十郎畢恭畢敬端坐下來，夾起花枝鹽辛放在手背上舔了一口，接著恭謹地朝小酒杯中倒入黃色的酒。即使現在這時節物價再怎麼便宜，兩張熊皮只賣兩塊錢，任誰都覺得小十郎賣得太便宜了。小十郎自己也心知肚明，那價格實在便宜得離譜。但是，為什麼小十郎不將熊皮賣給別人，偏偏要賣給鎮上這家雜貨鋪呢？大多數的人都想不透。日本有一種名叫狐拳的划拳遊戲，規定狐狸輸獵人、獵人輸店家，而店家輸給狐狸。在這裡，熊變成小十郎的槍下亡魂，而小十郎則成了老闆的犧牲品。但店老闆因為生活在城鎮中，不太可能被熊咬死。不過這種狡猾可惡的人，一定會隨著社會進步逐漸消失。描寫吃苦耐勞的小十郎，遭受可憎小人剝削欺凌的情景，雖然只花了我一些時間，卻讓我憤恨不平。

小十郎也只是為了餬口，因此就算他殺熊，卻從不恨熊。然而，某年夏天卻發生了一件奇妙的事。

那天，小十郎涉水渡過溪谷，爬上一塊岩石，猛然發現前方的樹上有隻大熊，就像貓一樣拱著背，不斷向上攀爬。小十郎立刻舉槍射擊，黃狗也興高采烈地衝到樹下，不斷繞著樹狂奔。

樹上的熊似乎在思忖著，究竟該跳下樹撲向小十郎呢？還是該坐以待斃呢？結果，熊突然放開雙手，重重摔落下來。小十郎不敢大意，握緊獵槍以便隨時發射。他走向熊，沒想到熊竟舉起雙手高喊：

「你殺我是為了什麼？」

「啊啊，我只要你的毛皮和熊膽，其他都不要。其實拿去鎮上賣也賣不了多少錢，想想還真是過意不去，但我也無可奈何。不過現在經你這麼一問，我倒覺得去撿些栗子或羊齒來充飢，就算因此餓死也甘之如飴啊。」

「你再等我兩年吧！我就算現在死了也無妨，不過我還有一些事情沒做完，所以請你再等我兩年。兩年後我一定會乖乖死在你家門口，毛皮和膽全都給你。」

小十郎心中五味雜陳，佇立在原地思索良久。熊便趁這機會，緊緊踩穩四隻熊掌，慢步離去。小十郎依舊茫然站在原地。熊似乎很有把握，知道小十郎絕對不會從背後朝自己開槍，頭也不回地踩著緩慢步伐離開。直到陽光穿過樹木，枝椏灑落在熊寬闊黝黑的背上發出閃光，小十郎才悵然發出「嗚、嗚」兩聲呻吟，回頭涉水穿過溪谷，踏上歸途。兩年後的某個清晨，小十郎擔心狂風會颳倒林木和籬笆，便外出巡視。幸好檜樹籬笆安然無恙，但籬笆下卻躺著一隻眼熟的黝黑物體。因為正好過了兩年，小十郎還惦記著那隻熊是否會出現，撞見此番景象，不由得大吃一驚。他上前一看，發現正是先前那隻熊，牠口吐鮮血，倒臥在地。小十郎不禁為熊合掌默哀。

一月某天，小十郎一早離家時，隨口說出一句他從來沒說過的話。

「娘，我看我也老了，今天早上是我有生以來第一次不想下水哩！」

高齡九十的小十郎母親在外廊上紡線，她抬起早已昏花的老眼，朝小十郎一瞥，露出哭笑不得的表情。小十郎綁好草鞋，一把站起身來走出門外。孩子們輪流從馬廄前探出頭來，笑著對他說：

「爺爺，早去早回喔！」

小十郎仰望蔚藍無雲的天空，回頭朝孫子們高喊：

「我出門啦！」

小十郎踩在凍得堅硬的白雪地上，往白澤的方向前進。

黃狗的紅色舌頭早已掛在嘴外，呼地喘著氣，跑跑停停地往前奔去。不久後，小十郎的影子就沉入山丘另一邊看不見了，孩子們這才拿著稗子梗，撒在地上玩遊戲。

小十郎沿著白澤岸邊逆流而上，溪谷有的地方形成碧綠深淵，有的地方像鋪上玻璃板一樣結凍了，有的地方掛著一根根狀似念珠的冰柱。溪流兩岸隱約可見紅色與黃色的西南衛矛果實，綻放一串串花朵。小十郎看著自己與黃狗的影子閃爍，與樺樹樹影融為一體，清楚映照在雪地上，形成一道藍色陰影，一步一步往上游走去。

從白澤翻越一座山頭後的那塊地，棲息著一隻大熊，小十郎早在夏天就先探過路了。

小十郎越過五條匯流至溪谷的小支流，不停左彎右拐，涉水走向上游。他抵達一座小瀑布，再從瀑布正下方往長根的方向攀登。白雪刺眼得像燃燒的火焰，小十郎就像戴上墨鏡般忘我地向上攀爬。黃狗也一副不願輸給斷崖的模樣，屢次差點滑落，但仍拚命攀住雪地向上爬。好不容易爬上山崖，頂部是一片平緩的斜坡，稀稀落落長著幾棵栗子樹。雪地宛如寒水石般晶瑩剔透，四周聳立著一座又一座高聳的雪峰。小十郎坐在崖頂暫歇，黃狗突然像著火一樣狂吠起來。小十郎嚇了一跳，連忙回頭一看，只見夏天發現的那隻大熊，站起雙腳朝他猛撲了過來。

小十郎沉著地站穩腳步，舉槍瞄準大熊。大熊揮舞著木棒般的雙掌，筆直衝了過來。這可讓身經百戰的小十郎也不禁臉色一變。

小十郎聽見子彈發射的槍聲，但大熊並未倒下，仍像一團風暴似的晃動著黑色身軀衝來。黃狗撲上前咬住大熊的腿，就在這時，小十郎覺得腦袋嗡嗡作響，四周化為一片蒼白。接著，他聽見遠處傳來一句話。

「喔喔，小十郎，我不是故意要殺你的。」

小十郎暗忖，我已經死了啊。他看見眼前閃爍著無數的藍色星光。

「這就是死亡的信號，是人死時看到的火光。熊啊，原諒我吧！」小十郎心想。那之後的小十郎是什麼心境，我無從得知。

總之，他死後第三天晚上，寒月如冰高掛夜空。蒼茫白雪透澈晶亮，水光粼粼。昴星和參星閃爍綠色、橙色星光，彷彿在呼吸。

在栗子樹與白雪群峰環繞的山頂平原上，許多黑色龐然巨獸聚集成一個大圓，各自拖著自己的黑影，如回教徒祈禱般，一動也不動地趴在雪地上跪拜。在白雪和月光照耀下仔細一看，圓圈中央最高處安置著小十郎半坐的屍體。

或許是心理作用，但小十郎凍僵的遺容竟仍栩栩如生，臉上甚至還帶著笑容。直到參星來到天頂，逐漸西下，那些黑色龐然巨獸依舊像化石一樣不肯動彈。

貓咪事務所

猫の事務所

……這是關於某個小官衙的幻想……

貓咪第六事務所，就位於輕便鐵道火車站附近。這裡主要是提供民眾調查貓咪歷史與地理的地方。

所有書記都身穿緞面黑色短褂，深受眾貓尊敬，因此每當有書記因故辭職，年輕的貓咪們都會設法搶下那份書記工作，好進入貓咪事務所。

只不過，這間事務所的書記名額，規定只有四名，所以只能從眾多應徵者中選出一個字最漂亮、又看得懂詩的貓咪。

所長是隻大黑貓，雖然有點老糊塗，但牠的眼睛仍像纏繞了好幾層銅絲似地炯炯有神。

牠有四隻手下。

一號書記是隻白貓，

二號書記是虎斑貓，

三號書記是三花貓，

四號書記是爐灶貓。

宮澤賢治

貓咪事務所

所謂的爐灶貓，並非天生就是這副模樣。不管牠本來是什麼貓都無妨，但因為牠有個每晚都愛鑽進爐灶內睡覺的習慣，身上總是沾滿煤灰，髒兮兮的。尤其是鼻子和耳朵總是沾上黑漆漆的煤灰，儼然就像一隻狸貓。

因此大家都很嫌棄爐灶貓。

本來爐灶貓就算再怎麼用功都不可能當上書記貓的，但事務所所長畢竟是隻黑貓，牠才有幸從四十隻貓咪中脫穎而出。

偌大的辦公室正中央，黑貓所長大搖大擺地坐在鋪著大紅羅沙的辦公桌前。右邊是一號書記白貓和三號書記三花貓，左邊是二號書記虎斑貓和四號書記爐灶貓。四隻書記分別端坐在椅子上，面對著狹小的辦公桌。

話說回來，查詢地理或歷史，對貓咪有什麼用呢？

事務所平常的工作大致如下：

有民眾叩叩敲響事務所大門。

「進來！」黑貓所長雙手插在口袋，傲慢地靠在椅子上大喊。

四名書記忙碌地埋頭查閱資料。

進來的是貪吃貓。

「有什麼事？」所長問。

「我想去白令海一帶吃冰河鼠，請問哪裡最好？」

「嗯，一號書記，你說說看冰河鼠的產地。」

一號書記打開藍色封面的大本子回答：

「烏斯特拉戈美那、諾巴斯凱亞、伏薩河流域。」

所長對貪吃貓說：

「烏斯特拉戈美那、諾巴……諾巴什麼？」

「諾巴斯凱亞！」一號書記和貪吃貓異口同聲回答。

「對，諾巴斯凱亞。還有哪裡？」

「伏薩河！」貪吃貓又與一號書記同聲回答，害得所長有點尷尬。

「對、對。伏薩河。那幾個地方很不錯。」

「那麼，旅行時要注意些什麼呢？」

「嗯，二號書記，你說說看去白令海一帶旅行時的注意事項。」

「是！」二號書記翻開自己的手冊。「夏貓完全不適合旅行。」這時不知為何，大夥兒都直盯著爐灶貓。

「冬貓也得小心留意。函館附近，有被人類用馬肉誘捕的危險。尤其是黑貓，旅途中必須充分表現出自己是貓，否則被誤認為黑狐，往往會遭到獵人死命追捕。」

「好，你都聽見了。你跟我不同，不是黑貓，大概不會有什麼危險。只要在函館時多提防一下馬肉就好了。」

「是喔，那麼，那邊的地方權貴有誰？」

「三號書記，你舉幾個白令海一帶的地方仕紳。」

「是！呃，白令海一帶，有了，托巴斯基和根佐斯基兩位。」

「托巴斯基和根佐斯基是怎樣的人？」

「四號書記，你大略描述一下托巴斯基和根佐斯基這兩人。」

「是！」四號書記爐灶貓，早已將短手分別夾在原始大資料簿中記載著托巴斯基和根佐斯基那兩項的頁面，等待回答。所長和貪吃貓見狀，都忍不住心生佩服。

但是，其他三隻書記卻不以為然地斜眼瞪著牠，嗤之以鼻。爐灶貓認真地讀起頁面上所寫的內容。

「托巴斯基是酋長，德高望重，目光炯炯有神，但說話慢條斯理。根佐斯基是資產家，說話慢條斯理，但目光炯炯有神。」

「我明白了，謝謝。」

貪吃貓離開了事務所。

事務所的工作大致上如此，對貓咪而言相當方便。然而，從剛才的故事發生後過了半年，這家第六事務所便遭到廢止。箇中原因，想必大家都已經察覺了吧。四號書記爐灶貓，本就受到三位書記前輩厭惡，尤其是三號書記三花貓老早就覬覦著爐灶貓的工作很久了。爐灶貓當然也下過許多工夫想討好大家，只可惜大家都不買帳。

例如，有一天，隔壁的虎斑貓把午餐便當拿到桌上，正準備吃飯時，突然想打哈欠。

虎斑貓高高舉起兩隻短手，打了一個大哈欠。這在貓咪的世界中，不算是對長輩的無禮舉動，以人類來說，就好比伸手捻捻鬍鬚的程度，無傷大雅。但糟糕的是，虎斑貓用力伸直雙腳時，撐起了桌子，讓桌面變成一道斜坡，便當順勢滑了下去，掉到所長面前的地板。便當盒撞得凹凸不平，但因為是鋁製的，並沒有摔壞。虎斑貓連忙停下哈欠，從桌上伸出手想拿起便當。可是手不夠長，好不容易才搆到便當，便當盒又滑了出去。一下往東一下往西，虎斑貓怎麼也抓不住便當。

「你不行啦，你抓不到的。」黑貓所長一邊大口啃著麵包，一邊大笑。這時，四號書記爐灶貓也正好打開便當，看見虎斑貓的窘狀，立刻站起身來撿起便當遞給虎斑貓。

沒想到虎斑貓惱羞成怒，不願接下爐灶貓特意幫牠撿回來的便當。牠雙手背在身後，死命扭動身體大吼：

「幹麼？你是要我吃下這便當嗎？你的意思是要我吃掉這盒從桌子掉到地上的便當嗎？」

「不，我只是看你想撿便當，順手幫你撿起來而已。」

「我什麼時候想撿了？嗯，我只是認為便當掉在所長面前太失禮了，所以想將便當推到我桌子底下。」

「這樣啊，我只是看便當滑來滑去……」

「你說什麼，無禮！跟我出去決……」

「嘎啦嘎啦嘎啦嘎啦！」所長高吼。這是為了不想讓虎斑貓喊出「決鬥」兩個字，故意打斷牠的。

「好，別再吵了。依我看，爐灶貓應該不是想讓虎斑貓吃掉在地上的便當，才撿起來的吧。對了，早上我忘了說，虎斑貓你的薪水從這個月起多加十錢。」

虎斑貓起初還一臉怒氣，但仍低下頭乖乖聽所長說話，聽著聽著，牠終於忍不住開心大笑。

「抱歉，驚擾大家了。」虎斑貓又瞪了一眼旁邊的爐灶貓，這才坐下。

各位，我很同情爐灶貓。

後來過了五六天，又發生類似的事情。之所以經常發生這種事，一來是因為貓個性太懶惰，二來是因為貓的前腳，也就是手實在太短。這回是對面的三號書記三花貓，早上開始工作之前，手一滑，毛筆落在桌上滾動，最後掉在地板。其實三花貓只要馬上起身去撿毛筆就好了，但是牠懶得站起來。牠跟先前虎斑貓所做的一樣，隔著桌子伸出雙手想撿起毛筆，當然也是搆不著。而且三花貓又特別矮小，所以不斷朝桌外探出身子，連雙腳都離開了椅子。爐灶貓因為前車之鑑，猶豫著要不要幫三花貓撿筆，因此只好站在旁邊乾瞪眼，最後牠還是看不下去了，便站起身來。

碰巧就在此時，三花貓因為大半個身子都探出桌外懸空，不小心頭上腳下地從桌子摔了下去，聲音非常響亮，連黑貓所長也嚇了一大跳，連忙起身從後方架上取出能醒腦的氨水瓶。但三花貓一撞到地面，就立刻跳起來，氣急敗壞地大吼：

「爐灶貓！你竟敢把我推下桌！」

所長立刻安慰三花貓。

「三花貓，你誤會了。爐灶貓只是出於好意稍微站起來罷了，牠根本沒碰到你。這種芝麻小事不需要放在心上。對了，呃，桑桐坦的遷居申請在哪？有了。」所長說完，立刻回去忙牠的工作。三花貓無可奈何，也只好開始工作，但是仍不時狠狠地瞪著爐灶貓。

爐灶貓就是處於這樣情況下，每天都過得很痛苦。

其實爐灶貓也為了當一隻普通的貓，嘗試睡在窗外好幾次了，可是每次一到半夜，就會冷得忍不住打噴嚏，只好又鑽回爐灶裡睡。

爐灶貓會這麼怕冷，是因為牠的皮毛較薄。而牠的皮毛較薄，則是因為牠出生在土用[6]之故。爐灶貓心想：都怪我不好，人家討厭我也是無可奈何。眼淚在圓滾滾的大眼裡打轉。

不過，爐灶貓轉念又想：所長對我那麼好，而且其他爐灶貓也對我能在事務所工作而感到驕傲，所以再怎麼痛苦，我也不能辭職，一定要堅持下去。爐灶貓邊哭邊握緊拳頭。

---

6 土用，指立秋前十八天。

可不幸的是，所長變得越來越靠不住。那是因為，貓咪這種動物，雖看似聰明，其實愚不可及。有一次，爐灶貓運氣不好感冒了，胯下腫得跟碗一樣大，害牠寸步難行，只好請一天假在家休息。爐灶貓心裡難過得不得了，牠哭了又哭，眼淚流個不停。牠望著從倉庫小窗射進來的金色陽光，揉眼哭了一整天。

牠不在的這段期間，事務所是這樣的。

「奇怪了，爐灶貓今天怎麼還沒來上班？真慢啊。」所長在工作空檔時問道。

「我看是跑去海邊玩了吧。」白貓回答。

「不對，應該是獲邀去參加宴會了。」虎斑貓說。

「什麼？今天有宴會嗎？」所長驚訝地追問。因為牠認為，貓咪舉辦的宴會沒有不邀請所長參加的道理。

「牠好像說過北方有間新開的學校要舉辦開學典禮。」

「原來如此。」黑貓所長沉思。

「不知道為什麼，」三花貓插嘴，「最近到處都有人邀請爐灶貓去參加活動。聽說牠還誇口跟別人說，下一任所長就是牠。那群笨貓怕牠真當上所長，所以才拚命奉承牠吧？」

「你說的是真的嗎？」所長怒吼。

「千真萬確！不然你去查看看啊。」三花貓噘起嘴。

「豈有此理！枉費我那麼照顧牠！好，我自有辦法。」

事務所裡頓時鴉雀無聲。

隔天。

爐灶貓胯下總算消腫了，牠一早就開心地冒著呼嘯的強風來到事務所。一進門就看見牠平常一到事務所總要上前輕撫封面，也就是牠最寶貝的那本資料手冊，竟從自己的辦公桌上消失，分別散落在對面和鄰座三張辦公桌上。

「啊啊，一定是昨天太忙了。」爐灶貓以沙啞的聲音自言自語，不知為何心臟跳得好快。

喀噠。大門開了，三花貓走進來。

「早安。」爐灶貓起身問好，但是三花貓不發一語地坐到位子上，然後看似忙碌地翻閱著手冊。

喀噠。砰。虎斑貓進來了。

「早安。」爐灶貓起身問好，但是虎斑貓連正眼都不看牠一眼。

「早安。」三花貓開口。

「早，今天風好大啊。」語畢，虎斑貓立刻翻閱起自己的手冊。

喀噠。砰。白貓走了進來。

「早安。」虎斑貓和三花貓一起開口。

「喔，早啊，今天風真大呢。」白貓也開始忙碌地做起工作。這時，爐灶貓有氣無力地站著，默默對牠行了個禮，白貓卻假裝沒看見。

喀噠。砰。

「呼，今天風實在太大了。」黑貓所長走進來。

「所長早安。」三隻貓迅速站起身來對所長一鞠躬。爐灶貓也茫茫然地站起身來，低著頭向牠行了個禮。

「簡直就是暴風嘛。」所長瞧也不瞧爐灶貓一眼，說完就去忙自己的工作了。

「好，我們今天要繼續昨天的工作，調查安莫尼亞克兄弟的行蹤，並回覆對方。二號書記，安莫尼亞克兄弟到底是誰去了南極？」一天的工作開始了。爐灶貓低頭不語，因為牠桌上沒有資料手冊，就算想說些什麼，也無法出聲。

「是龐・波拉理斯。」虎斑貓回答。

「好，你仔細描述一下龐・波拉理斯的事。」黑貓說。爐灶貓幾乎快哭出來，牠心想：啊啊，這是我的工作，我的手冊，我的手冊。

「龐・波拉理斯前往南極探險，於歸途中在雅布島外海死亡，遺體已水葬。」一號書記白貓唸著爐灶貓的手冊。爐灶貓傷心欲絕，牠緊咬牙關，咬得兩頰痠痛、耳鳴眼花，但牠還是低著頭拚命按捺住情緒。

事務所裡頭逐漸忙碌起來，像滾水沸騰般，工作進展飛快。大家只有偶爾朝爐灶貓一瞥，卻一句話也不對牠說。

到了午休時間，爐灶貓也不吃牠帶來的便當，只是一動也不動地將雙手放在腿上，低頭不語。

到了下午一點，爐灶貓終於忍不住，啜泣了起來。牠一直哭哭停停，直到傍晚整整哭了三個小時。

即使如此，其他幾隻貓仍一副事不關己的態度，興致勃勃地做著工作。

就在此時，所長背後的窗戶出現一顆威風凜凜的金色獅頭，但是辦公室裡那群貓誰也沒發覺。

獅子狐疑地朝事務所內看了好一會兒，冷不防地敲門走了進來。貓群驚訝得不知所措，只能不停在原地繞圈打轉，唯有爐灶貓立刻停止哭泣，直挺挺地站起身來。

獅子以宏亮渾厚的聲音說道：

「你們這是在幹什麼？搞成這樣，還要地理和歷史幹麼？別幹了！我現在就命令你們解散！」

第六事務所就這樣廢止了。

獅子的處理方式，我有一半贊同。

銀河鐵道之夜

銀河鉄道の夜

第一章　午後的課

「同學們，有人說它像一條河流，也有人說它像牛奶流過的痕跡，大家知道這一片白茫茫的究竟是什麼東西嗎？」黑板上掛著一張黑漆漆的星空圖，老師指著一條貫穿上下、白茫茫的銀河帶詢問大家。

坎帕內拉立刻舉手。接著又有四五個同學舉手。喬凡尼也想舉手，卻又立刻放下。他隱約記得好像在哪本雜誌上看過，那些是無數的星辰。但這陣子喬凡尼每天上課時都在打瞌睡，沒空看書，也沒有書可看。他覺得一切都變得朦朦朧朧，腦袋也糊裡糊塗。

老師很快就發現了。

「喬凡尼同學，你知道吧？」

喬凡尼猛然站起身。但是他一站起來才發現自己根本答不出來。薩內利從前面的座位轉過頭，看著喬凡尼，發出訕笑。喬凡尼驚慌失措，滿臉通紅。這時老師又說道：

「若我們用大型望遠鏡仔細觀察銀河，便可大略得知銀河是什麼組成的吧？」

喬凡尼認為是星星，但他仍然無法立刻回答。

老師面露難色，於是把目光移向坎帕內拉。

「好吧，那麼請坎帕內拉同學回答。」沒想到剛才還舉著手躍躍欲試的坎帕內拉，卻扭捏地站起身，支支吾吾地答不出來。

老師意外地望著坎帕內拉，然後連忙轉向黑板說：

「好吧。」

接著自己指著星圖說：

「用大型高倍率望遠鏡觀察這片白濛濛的銀河，我們就可以看見無數顆小星星。喬凡尼同學，你說對不對？」

喬凡尼臉紅點頭，但他眼裡已充滿淚水。沒錯，我知道，坎帕內拉當然也很清楚。那是之前在坎帕內拉的博士父親房間裡，和坎帕內拉一起讀過的那本雜誌上寫的內容。讀完雜誌後，坎帕內拉還跑到他父親的書房，拿來一大本厚厚的書，翻開「銀河」的部分，兩人一起欣賞點點白光布滿一整頁黑漆漆書面上的漂亮圖片。坎帕內拉不可能會忘記這些事，他不是無法回答，而是因為最近我每天清晨和下午工作繁重，上學時無法和大家嬉鬧玩耍，跟坎帕內拉也說不上幾句話。其實坎帕內拉很清楚答案，他一定是因為同情我，才故意不回答。一想到這裡，喬凡尼再也按捺不住自己和坎帕內拉都很可憐的想法。

老師繼續講課：

「如果我們把銀河看作是一條河川，那麼上頭的一顆顆小星星，就相當於河底的粒粒沙石。如果我們將銀河視為奔騰流瀉的牛奶，那它看起來就更像天上的河流了。換言之，所有星球都像漂浮在牛奶上的微細脂肪球。那麼，這條河流的河水又是什麼呢？就是可以用一定速度傳導光線的「真空」，太陽和地球漂浮於其中。也就是說，我們就生活在銀河的河水中。從銀河河水向四周觀看，便會發現，銀河底部越深、越遠，星星就越密集，好比水越深，水色越是碧藍一樣，因此看上去才會一片白茫茫。請大家看這個模型。」

老師指著裝入了許多發光沙礫的大型雙面凸透鏡。

「銀河的形狀就如這個凸透鏡。我們可以將這些閃亮的顆粒，都視為跟太陽一樣會自行發光的星球。我們的太陽大致位於中心，地球就在它旁邊。各位同學，請大家晚上站在銀河的正中央，觀察這塊凸透鏡裡的世界吧！這邊的凸透鏡較薄，只能看到些許發光的星星顆粒；而這邊的較厚，可以看見許多閃亮的顆粒，也就是星星。距離我們地球十分遙遠的星球，看上去白茫茫的，這就是剛才提過有關銀河的理論。那麼，這個透鏡究竟有多大，以及裡面還有多少星球，今天已經沒時間了，下一堂的自然課再說吧！今晚有銀河節，大家好好去外面觀察銀河吧！好了，今天上到這裡。大家把書本和筆記收一收吧！」

教室響起開關桌面和疊起書本的聲響，同學們向老師起立敬禮後，全跑出了教室。

第二章　印刷廠

喬凡尼剛走出校門，就見同班的七八個同學聚集在校園角落一棵櫻花樹下。他們圍著坎帕內拉，正在討論去採今晚銀河節要用來放水燈的王瓜。

喬凡尼揮動手臂，快步走出校門。街上所有人家張燈結綵，忙著準備今晚的銀河節，有人正掛上松葉球，有人在扁柏上掛彩燈。

喬凡尼並未馬上返家。他轉過三條大街，來到一家大印刷廠。他朝坐在門口櫃檯那個穿著鬆垮白上衣的人一鞠躬，然後脫了鞋，走進最裡面打開門。大白天的，裡頭卻燈火通明；數不盡的印刷機轉輪器不停運轉，一群頭上纏著布條、臉上戴著遮光鏡的工人，像唱歌似地吆喝數數，各自忙著手邊的工作。

喬凡尼走向從門口數來第三張高高的桌子，並朝向裡頭的人一鞠躬。那個人在架子上翻找半天，找出一張紙條遞給喬凡尼，說道：

「你今天就撿這些吧！」

喬凡尼從那人的桌子底下拉出一個小箱子，走到對面掛著電燈的牆角邊蹲下，用小鑷子撿起一顆顆小如粟米的鉛字，再放入小木箱。一名圍著藍色圍裙的工人經過喬凡尼背後，對他說：

「嘿，放大鏡小子，今天來得真早！」一旁邊的四五人不吭一聲，頭也不回地冷冷一笑。

喬凡尼揉揉眼睛，繼續埋頭撿鉛字。

六點鐘響後，喬凡尼將撿好的滿滿一箱鉛字，再次與手裡的紙條核對一次，才把木箱拿到剛才那張桌子前交給對方。裡面那人不發一語地接下木箱，微微點頭。

喬凡尼再向他一鞠躬，打開房門走出去，來到櫃檯前。櫃檯裡穿白衣的人依舊不發一語，他遞給喬凡尼一枚小銀幣，喬凡尼頓時露出笑容，用力深深一鞠躬，提起放在櫃檯下的書包，衝上街去了。他神采奕奕地吹著口哨，走進一家麵包店買了一塊麵包和一包方糖，就一溜煙地跑回家了。

第三章　家

　　喬凡尼一口氣跑回小巷裡的一間小屋。在並排的三道門最左邊，擺了一個箱子，裡面種了紫色甘藍菜和蘆筍。屋子上的兩扇小窗都掛著窗簾。

「媽媽，我回來了，你身體還好嗎？」喬凡尼邊脫鞋邊問。

「啊，喬凡尼，你工作一定很累吧？快去洗個澡，讓自己涼快點。我一直都很好。」

　　喬凡尼走進屋，母親就躺在門旁的房裡，身上蓋一條白色方巾。喬凡尼打開窗戶。

「媽媽，我買了方糖回來，想放在牛奶裡給你喝。」

「啊啊，你先吃吧，我還不餓。」

「媽媽，姊姊什麼時候回來的？」

「啊啊，三點左右來的，她幫我打理好才走的。」

「媽媽，你的牛奶還沒送來嗎？」

「好像還沒。」

「我現在就去拿。」

「啊啊，我休息一下就去，你先吃點東西吧！你姊姊好像用番茄做了什麼菜，就放在那裡。」

「那我先吃囉。」

喬凡尼從窗邊端來一個盛著番茄的盤子，搭配麵包狼吞虎嚥地吃了起來。

「媽媽，我想爸爸一定很快就會回來的。」

「啊啊，我也有同感。可是你怎麼會這麼想呢？」

「因為今天早上的報紙上寫了，今年北邊的漁獲量非常好啊。」

「可是，你爸爸或許根本沒有出海捕魚呀。」

「他一定出海了，爸爸沒做過什麼得坐牢的壞事。上次爸爸捐贈給學校的大蟹甲還有馴鹿角之類的，現在還擺在學校標本室裡呢。六年級學生上課時，老師都會輪流拿去教室展示喔。」

「你爸爸說過，下次要帶一件海獺皮外套給你。」

「大家看見我，老是提起那件事。他們都在嘲笑我。」

「他們說你的壞話？」

「嗯。不過坎帕內拉絕對不會嘲笑我。他看見大家捉弄我的時候，總是很同情我。」

「聽說他父親和你爸爸，從跟你們一樣大的時候就是好朋友。」

「啊啊，難怪爸爸上次帶我去坎帕內拉家玩。那時候真好！我放學回家時就去坎帕內拉家玩。他家裡有一個用酒精燈發動的小火車，將七節軌道組合成環狀，還有電線杆和號誌燈。只有火車通過，號誌才會變綠燈。有一次，酒精用完了，我們試著用煤油，結果火車整個燒焦了。」

「這樣啊。」

「我每天清晨送報時還是會路過他家，可是他們家總是靜悄悄的。」

「因為太早了，人家還沒起床呀。」

「他家有一隻名叫薩維爾的狗喔，牠的尾巴就像掃帚，每次一看到我去，就會發出哼哼聲跟著我，直到轉角才肯離開，有的時候跟得更遠。今天晚上，大家要去河邊放王瓜燈籠，那隻狗一定也會跟去。」

「對了，今晚是銀河節呢！」

「嗯，我去拿牛奶時，再順路過去看看。」

「啊啊，你去玩吧！但是，千萬別下河喔。」

「好，我站在岸邊看個熱鬧就好，我一小時就回來。」
「你玩久一點吧，只要是跟坎帕內拉在一起，我就不擔心。」
「好，我會跟他在一起的。媽媽，我先幫你關上窗戶吧！」
「啊啊，好，已經變涼了。」
喬凡尼起身關窗，收拾好盤子和麵包袋，迅速穿好鞋，說了一句「我一個半小時就回來」，便鑽過大門走進夜色。

第四章　半人馬座節慶之夜

喬凡尼像吹口哨似地噘起嘴唇，穿過兩旁都是黑壓壓檜木的林間小路，走下山坡來到鎮上。

山坡下方，一盞高大的路燈閃著藍白耀眼光芒。喬凡尼邁開大步朝路燈走去，身後那道細長的模糊影子一直像妖怪一樣跟著，越來越漆黑、清晰。影子抬腳，揮手，繞到喬凡尼的側面。

（我是一列呼嘯疾駛的蒸汽火車，前面是下坡，車子要加速啦！我即將超越前面的路燈了。看吧，我的影子就像圓規，繞了一大圈，繞到我前面來了。）

喬凡尼一邊幻想，一邊闊步經過路燈，白天一起上課的薩內利不知何時，突然從路燈對面的陰暗小路冒了出來，他換上一件領子尖尖的新襯衫，與喬凡尼擦身而過。

「薩內利，你要去放王瓜燈籠嗎？」

喬凡尼話都還沒說完，薩內利就從背後朝著他大吼：

「喬凡尼，你爸帶了海獺皮外套來給你了！」

喬凡尼心裡一涼，腦袋嗡嗡作響。

「你想怎樣，薩內利！」喬凡尼朝他怒吼，但是薩內利已走進對面一棟種著檜木圍牆的房子裡去了。

「為什麼薩內利老是對我口出惡言呢？我又沒對他做什麼。他也不看看自己跑步時像隻老鼠一樣！我明明什麼也沒做，他卻對我挑三揀四的，薩內利才是個笨蛋！」

喬凡尼腦中千頭萬緒，他穿越點綴了絢爛燈光的大街，樹上掛滿裝飾。鐘錶行點亮了霓虹燈，每隔一秒，鐘上的貓頭鷹紅寶石眼珠就會轉動一下；海藍色的厚玻璃盤上鑲滿著七彩寶石，寶石圓盤如星球般緩緩轉動；銅製人馬時不時就會從另一邊朝這裡轉過來。圓盤中央畫著黑色圓形星座簡圖，以青綠蘆筍葉裝飾，十分漂亮。

喬凡尼凝視著星座圖，看得出神。

這張星座圖比白天在學校見到的小。只要對準日期和時間，星象就會鉅細靡遺地在這個橢圓形玻璃盤中旋轉、呈現。還有一條銀河穿過圓盤，宛如一條白濛濛的帶子，下方微微噴發出蒸氣。玻璃盤後方，放著一臺有三腳架的小型望遠鏡，鏡筒散發黃色光芒。最後面的牆上掛著一張巨大的星座圖，將天空所有星座都描繪成奇形怪狀的野獸、蛇、魚、水瓶等。「天上真的住滿了這樣的蠍子和勇士嗎？啊啊，我好想去夜空中漫步，好好瞧瞧啊！」喬凡尼心想，就這麼茫然佇立著。

這時，喬凡尼猛然想起母親要喝的牛奶，便離開了鐘錶行。他的雙肩塞在緊繃窄小的上衣裡，很不自在，但喬凡尼故意挺起胸膛，用力擺動雙手，走過大街。

空氣如清澈泉水，洋溢大街小巷。冷杉和橡樹枝葉掩蓋了路燈，電力公司前方的六棵法國梧桐上，裝飾了數不清的小燈，看起來彷彿美人魚的國度。孩子們全穿上燙得筆挺的新衣，吹著星夜巡遊的口哨，邊跑邊喊：

「半人馬座，快點降下露水！」

有的孩子放起氧化鎂煙火，興高采烈地嬉鬧，只有喬凡尼腦袋低垂，想著與眼前這片熱鬧景象截然不同的情景，向牛奶店趕去。

宮澤賢治

銀河鐵道之夜

不知不覺間，喬凡尼來到城鎮邊緣，有著一大片聳入星空的白楊樹林立之處。他鑽過牛奶店黑漆漆的大門，來到昏暗的廚房，一股牛兒氣味撲鼻而來。喬凡尼脫掉帽子，喊了一聲「晚安」。屋內鴉雀無聲，似乎空無一人。

「晚安，有沒有人在？」喬凡尼直挺挺地站著，又喊了一聲。過一會兒，一個老婆婆步履蹣跚地走出來，她看起來好像什麼地方不舒服似的，詢問喬凡尼上門做什麼。

「我家今天的牛奶沒有送來，所以我來拿牛奶。」喬凡尼怕她聽不見，用力大喊。

「現在沒人在家，我不清楚。你明天再來吧！」

老婆婆揉著紅眼上的眼皮，俯視著喬凡尼。

「我媽媽生病了，今天沒有牛奶不行啊！」

「那麼你晚一點再來。」話都還沒說完，老婆婆已轉身離去。

「好吧，謝謝。」喬凡尼朝她一鞠躬，走出廚房。

他走到十字路口準備轉彎時，看見對面通往橋梁的雜貨店門前，出現好幾道黑影，隱約還能看見白襯衫交錯其中。原來是七八個學生吹著口哨，有說有笑地拿著王瓜燈籠，朝這邊走了過來。他們的說笑聲和口哨聲，喬凡尼都很熟悉。他們是喬凡尼的同學。喬凡尼心頭一驚，想轉過身去，但又改變主意，乾脆一個箭步衝了上去。

「你們要去河邊嗎？」喬凡尼想發問，可是喉嚨好像堵住了。

「喬凡尼，你爸帶了海獺皮外套來給你了！」就在此時，那個討厭鬼薩內利又叫了起來。

「喬凡尼，海獺皮外套來了！」大家開始跟著大聲嚷嚷。喬凡尼面紅耳赤，不知如何是好，他只想趕忙逃離他們，卻見坎帕內拉也在其中。坎帕內拉露出同情的表情，默默露出微笑看著喬凡尼，彷彿在安撫他，要他別生氣。

喬凡尼立刻避開他的眼神。等身材高大的坎帕內拉等人經過後，大家又各自吹起口哨。喬凡尼轉過街角，回頭望去，正好瞧見薩內利也轉過身來。坎帕內拉也高聲吹起口哨，朝前方隱約可見的橋梁走去。喬凡尼感到一股難以言喻的惆悵湧上心頭，便拔腿向前狂奔。一群掩著耳朵、哇哇大叫的小孩在路邊單腳跳躍玩耍，他們看見喬凡尼跑步的模樣覺得有趣，便驚呼大笑起來。不久，喬凡尼快步跑上一座漆黑的山丘。

第五章　天氣輪之柱

牧場後方有一座不陡的山丘，在北方大熊星底下，漆黑平坦的山頂看起來比平常更

宮澤賢治

銀河鐵道之夜

加低矮，似乎與大熊星連成一體。

喬凡尼穿過露水浸濕的林間小徑，奔上山丘。在黑壓壓的草叢和奇形怪狀的灌木叢中，只有那條小徑，被一道銀白色星光照耀得清晰可見。草叢中有許多發出青光的小蟲，葉子在星光下顯得青翠透明，在喬凡尼眼裡就好像剛才大家手裡拿的王瓜燈籠。穿過漆黑的松樹和橡木林，天空豁然開朗。喬凡尼看見銀河由南橫貫夜空，通向北方，同時也看得見山頂的天氣輪之柱。放眼望去是一整片風鈴草和野菊花，如夢似幻地綻放，散發馨香。一隻鳥兒飛過山丘頂上，叫聲不絕於耳。

喬凡尼來到山頂的天氣輪之柱下方，讓疲憊的身軀躺在冰涼草地上。

城鎮的燈光在黑暗中就如海底龍宮般璀璨。山丘上可以聽見孩子們的歌聲和口哨，也能聽見斷斷續續的呼喊聲。風兒在遠方呼嘯，山丘的青草輕輕隨風搖曳。喬凡尼身上被汗水浸濕的襯衫已變得冰涼。他環視著這片遠離城鎮、壯闊的黑色原野。

不久，他聽見蒸汽火車的聲響。一列接著一列的小火車，車窗燈火通明，車廂裡旅客熙來攘往、形形色色，有的削著蘋果皮，有的談笑風生。一想到此，喬凡尼又忍不住一陣傷感，他將目光轉向天空。

啊啊，老師說那條白色的帶子全是星星。

但是，他再怎麼看，都不認為天空像老師說的那樣空蕩蕩。不僅如此，他越看越不禁覺得天空像一片小樹林，或是一片原野。喬凡尼還發現藍色的天琴座星星竟然變成三、四個，一閃一閃地眨著眼，不時伸出腳又縮回去，最後終於像蘑菇一樣越伸越長。而山腳下的城鎮，看起來也像一片群星聚集的朦朧星雲，又像飄渺迷離的煙霧。

第六章　銀河車站

喬凡尼背後的天氣輪之柱不知不覺變成了一座三角標，如螢火蟲般忽明忽滅。三角標輪廓越來越清晰，最後終於一動也不動，聳立在濃烈的鋼青色夜空原野上，儼然就像剛鑄成的青藍鋼板，筆直屹立於天空草原。

不知何處傳來一道不可思議的聲音說著：

「銀河車站到了，銀河車站！」

就在此時，眼前霎時一亮，宛如同時將億萬隻螢火魷的火光變為化石，沉入夜空。又好像鑽石公司為了不讓價格跌落，假裝開採不到，特意藏起鑽石，卻不知道是誰打翻了，成千上萬的鑽石灑落一地。眼前璀璨耀眼的亮光，讓喬凡尼忍不住不斷搓揉雙眼。

宮澤賢治

銀河鐵道之夜

他回過神來才發現，自己坐在剛才那列發出鏗噹鏗噹聲響的小火車上，而列車正在空中奔馳。喬凡尼就坐在橫亙夜空的輕便鐵道上，掛著一盞盞黃色小燈的車廂裡，透過車窗朝外望。車廂裡鋪藍天鵝絨的座椅空無一人，對面漆上亮光油的鼠灰色牆壁上，兩朵牡丹花形狀的黃銅燈正釋放光芒。

喬凡尼發現正前方座位坐著一個男孩，他身上穿著一件彷彿被水浸濕的深黑色上衣，正把頭探出窗外，觀賞外頭景色。喬凡尼總覺得男孩的肩膀線條似曾相識，忍不住想探頭看看男孩究竟是誰。正當他準備探出窗外，男孩突然縮回了頭，轉身望向他。

那男孩原來是坎帕內拉。

喬凡尼正想開口問：「坎帕內拉，原來你早就在這裡了啊！」

但是坎帕內拉卻先開口：

「大家拚命追趕，不過還是沒趕上這班列車。薩內利也跑了好一段路，但還是沒追上。」

喬凡尼心想：「對了，我們先前說好要一起出來玩的。」嘴上卻故意說：「要不要等他們？」

坎帕內拉回答：「薩內利已經回家了，他爸爸來把他接走了。」

坎帕內拉說著，不知為何臉色變得有些蒼白，似乎很難受。喬凡尼也頓時有股莫名的心情油然而生，好像將某個東西遺忘在某處似的，於是沉默不語。

然而，坎帕內拉這時卻恢復了活力，他望向窗外，興高采烈地說：

「啊啊，糟糕，我忘記帶水壺了，也忘了帶素描簿。不過沒關係，列車即將抵達天鵝車站。我真的很喜歡觀察天鵝，就算牠飛到河的另一邊，我也看得到。」

坎帕內拉拿出一張圓板狀的地圖，不停轉動查看。圓板上頭，有一條鐵路線沿著白茫茫的銀河左岸，不停朝正南方延伸。那張地圖最令人驚豔的是，一個又一個車站、三角標、泉水和森林散落在如黑夜般漆黑的圓盤上，並散發出藍、橙、綠等色彩斑斕的美麗光芒。喬凡尼覺得似乎在哪裡看過那張地圖。

「你這張地圖在哪裡買的？是用黑曜石製成的吧？」喬凡尼問。

「我剛剛在銀河車站拿到的，你沒拿到嗎？」

「啊啊，我剛才經過的就是銀河車站吧？我們現在所在的地方，是這裡，對吧？」

喬凡尼指著寫了「天鵝」兩個字的車站標識北方。

「沒錯，哎呀，照亮那片河岸的，應該就是月光吧？」

喬凡尼朝前方望去，只見藍白色的銀河河岸上，有一片漂浮在銀空的芒草正窸窸窣窣隨風搖曳，捲起一道道波浪。

「那不是月光。因為這裡是銀河，才會如此輝煌。」喬凡尼邊說，心情雀躍不已。他開心地蹬著腳，將頭探出窗外，高聲吹起星夜巡遊的口哨，還拚命把曲子拉長。喬凡尼想看清銀河的流水，但是一開始卻怎麼也看不清楚，一片朦朧。後來他越看越仔細，才發現清澈的河水比玻璃或氫氣都更加透澈澄淨。有時或許是眼睛的錯覺，他看見銀河水面隱約激起紫色漣漪，如彩虹般耀眼炫目的洪流，無聲無息地奔騰流逝。原野上四處聳立著發出燐光的三角標，遠的小、近的大；遠處的三角標是醒目的橙色和黃色，而近處的三角標則呈現朦朧的藍白色。這些標誌有的是三角形，有的是四角形，也有閃電或鎖鏈等各式各樣的形狀，在原野裡散發光芒。喬凡尼心跳加速，用力搖著頭想確認眼前的景象。沒想到，景致迷人的原野上，那些藍色及橙色等色彩繽紛的三角標，也紛紛如嘆息般一閃一閃地晃動顫抖了起來。

「我真的來到天上的原野了。」喬凡尼不由得感嘆。

「話說回來，這列火車似乎不是靠燒炭前進的耶？」喬凡尼伸出左手，從窗戶看往車頭的方向。

「可能是用酒精或電吧？」坎帕內拉說。

鏗噹鏗噹、鏗噹鏗噹，那列精緻的小火車穿越天空中隨風翻騰的芒草，穿越銀河流水及三角點的藍白色微光，不停向前奔馳。

「啊啊，龍膽花開了，已經秋天了呢！」坎帕內拉指著窗外發出感嘆。

鐵軌兩旁低矮的草皮中，盛開著彷彿以月長石雕刻而成的美麗紫色龍膽花。

「我跳下去摘一朵，再跳上車來！」喬凡尼興奮地說。

「來不及了，已經過去了。」

坎帕內拉話還沒說完，又看見一叢龍膽花發出紫色光芒，一閃而逝。

緊接著，一朵又一朵黃蕊的龍膽花冠如雨滴般湧來，經過眼前又旋即消失在身後。而排列整齊的三角標佇立不動，釋放光芒，朦朧光暈彷彿煙霧繚繞，又彷彿熊熊燃燒。

第七章　北十字星與上新世海岸

「不知道媽媽會不會原諒我？」

坎帕內拉突然萬念俱灰似地，急得吞吞吐吐說出這句話。

喬凡尼也茫然地心想：「啊，沒錯，我媽媽一定也在那遙遠如灰塵般渺小的橙色三角標那裡，正想著我吧？」但他並未說出口。

「只要媽媽能獲得真正的幸福，我赴湯蹈火在所不辭。但是，對媽媽而言，究竟什麼才是真正幸福呢？」坎帕內拉拚命按捺著，以免自己哭了出來。

「你媽媽衣食無虞，豈有什麼不幸？」喬凡尼驚訝大喊。

「我也不知道，但不管是誰，只要做了好事，一定會感到無比幸福吧？所以我想媽媽會原諒我的。」坎帕內拉看起來好似下定了決心。

突然間，車廂裡明亮了起來。仔細一瞧，河水無聲無息地流淌在有如灑滿鑽石、露珠和所有美好事物般瑰麗燦爛的銀河河床上。河流正中央，有一座散發銀色光芒的島嶼。島嶼平坦的頂端，矗立著一座令人目光一亮、聖潔的白色十字架，宛如以冰凍的北極白雲鑄造而成，披上一層晶瑩的金色圓光，肅穆並永恆地立於此處。

「哈利路亞，哈利路亞！」

車廂前後都傳來讚美的聲響。回頭一看，只見車廂裡的旅人們全虔誠地垂下袖子雙手合十，有人胸前抱著黑色聖經，也有人握著水晶念珠，向十字架禱告。他們兩人也不禁立正站好。這時的坎帕內拉，臉頰就像成熟的蘋果，散發出紅潤光澤。

不久，島嶼和十字架漸漸移向後方。

對岸發出藍白光芒，旋即又朦朧一片，不時可以看見芒草在風中翻騰起伏。一陣風起，芒草的銀光化為朦朧煙霧，彷彿在呼吸著氣息。不久，又出現許多龍膽花，在芒草中若隱若現，看起來像一朵朵溫柔的狐火。

他們只短暫地從銀河與列車之間，窺見列車後方被芒草掩蓋住的天鵝島兩眼，天鵝島旋即消失在遠方，小得像是畫上的小點。芒草又窸窣作響，天鵝島終於消失得無影無蹤。喬凡尼的後方，不知不覺來了一位身材高挑、戴著黑色頭巾的天主教修女。修女垂下碧綠的圓眼，似乎正虔誠地傾聽著來自另一邊的聲音或話語。旅人們紛紛安靜回到座位，喬凡尼和坎帕內拉兩人胸中湧起一股前所未有、近似悲哀的心情，他們不自覺地用起不同於以往的詞語輕聲交談。

「即將抵達天鵝車站了。」

「對啊，十一點準時抵達。」

綠色燈號與白茫茫的燈柱開始閃過窗外，而轉轍器前方如硫磺燃燒的火焰般昏暗渾濁的燈光也通過窗下。火車漸漸減速，不久，月臺上一排整齊的燈光便出現在眼前，光芒逐漸變大延伸。兩人座位正好停在天鵝車站的大時鐘面前。

時鐘盤面上是涼爽的秋日，兩根青藍色的鋼鐵指針正好指著十一點。旅人們一口氣全下了車，車廂裡空蕩蕩的。

時鐘下方寫著「停車二十分鐘」。

「我們也下去看看吧！」喬凡尼說。

「好哇！」

兩人一起跳下車門，朝剪票口飛奔過去。但是那裡只亮著一盞偏紫的電燈，燈光亮晃晃的，卻不見半個人影。他們四處看了看，也沒看見站長或類似搬運工的人影。

兩人來到車站前的小廣場，四周環繞著水晶雕刻而成的銀杏樹。廣場前有一條寬廣道路，筆直通向銀河的藍光之中。

剛才下車的那些人都不知道哪去了，不見半個人影。兩人肩並肩，沿著那條白色道路往前走。兩人影子就像四面窗戶環繞的房子裡的兩根柱影；又好像兩條車輪輻條，朝四面八方放射出去。不久，兩人來到那片從火車上就能瞧見的美麗河岸。

坎帕內拉抓起一把潔淨沙子攤在掌心，以手指沙沙作響地撥動。他如夢囈般說：

「這些沙子都是水晶，裡頭有小小的火焰在燃燒。」

「對耶。」喬凡尼回想起自己好像在哪裡學過，語意模糊地回答。

岸邊的沙礫粒粒玲瓏剔透，就像水晶或黃玉，像凹凸有致的地層褶皺，又像是稜角散發藍白雲霧的剛玉。喬凡尼奔向岸邊，伸手浸入水裡。奇怪的是，銀河水比氫氣更加清澈透明，不過確實是在流動著。兩人手腕浸泡到水的地方，浮現出淡淡的水銀色。手腕拍打，河水漣漪，濺起燦爛燐光，宛如燃燒的火焰。

望向上游的方向，只見長滿芒草的山崖下方，有一大片運動場般平坦的白色岩石散布在沿岸。岩石上五、六個人影，似乎正在挖掘或掩埋物品，或立或蹲，不時還有工具反光。

「我們去看看吧！」兩人異口同聲高喊，朝著那群人飛奔過去。白色岩石入口處，豎起一片寫著「上新世海岸」的光滑陶瓷立牌。對面河岸上，四處圍起細鐵欄杆，還放置了做工精細的木製長凳。

「哎呀，有個奇怪的東西喔！」坎帕內拉不可思議地停下腳步，從岩石上撿起一顆黑色細長、尖端突起、宛如核桃的東西。

「是核桃，你看，好多喔。這不是河水沖來的，是原本就長在岩石裡面。」

「這核桃好大喔！起碼比一般的大上一倍。外觀很美，完好無缺。」

「我們快過去他們那邊看看！他們一定在挖什麼寶物吧！」

兩人手中握著表皮粗糙的黑核桃，繼續朝那群人靠近。左手邊的河岸上，水波如溫柔的閃電釋放燦爛火光，朝岸邊打來；右手邊的山崖上，一正面如白銀或貝殼打造而成的芒草穗，在風中翩然搖曳。

兩人逐漸走近一看，一名身材高挑的男子，鼻梁上戴著一副厚厚的近視眼鏡，腳踏高筒雨靴，看起來像是學者；他一邊著急地在筆記本上寫些什麼，一邊心無旁騖地指揮三名似乎是助手的人，揮舞十字鎬或鐵鍬挖掘。

「千萬不可損壞那塊隆起的地方，用鐵鍬挖，用鐵鍬！唉唷，從遠一點的地方挖。不行、不行，你們怎麼那麼粗魯啊！」

再走近，只見一塊塊泛青的巨大野獸骸骨，橫倒在雪白鬆軟的岩石中，已經有一大半挖掘出土了。再仔細一瞧，還有十幾塊上頭留下兩個獸蹄足跡的岩石，切割成四方形，整齊排放在一旁，還標上了號碼。

「你們是來參觀的嗎？」那位看似大學者的人，看著兩人問話，眼鏡反光發亮。

「你們一定發現了許多核桃吧？那些核桃粗估來自一百二十萬年前，算是很新的。這裡在一百二十萬年前，也就是第三紀末期，還是一片海岸，所以地底可以挖掘出大量貝殼。現在河川流過的區域，當時全淹沒在海水漲退之下。這隻野獸叫做『bos』（牛的學名，*bos taurus*），喂喂，別用十字鎬挖啊！用鑿子小心地慢慢鑿。『bos』是現在的牛隻祖先，以前這裡很多。」

「這些骨頭要製成標本嗎？」

「不是，是用來證明的。依我們看來，這一帶的地層既厚又雄偉，有許多證據證明這裡大約是一百二十萬年前形成的。但是，我們想知道這塊地層在其他人眼裡，是否也是一塊歷史悠久的寶地？或者只是一片只有清風流水及空曠天空的荒地？你們懂嗎？但是，喂喂，那裡也不能用鐵鍬！那下面可能埋著肋骨啊！」大學者連忙跑了過去。

「時間差不多了，我們回去吧！」坎帕內拉看著地圖和手錶說。

「啊啊，那麼我們先告辭了。」喬凡尼恭敬地朝大學者一鞠躬。

「這樣啊，再見啦。」大學者又忙碌地來回走動，監督挖掘的工作。兩人在白色岩石上拔腿狂奔，以免趕不上火車。他們健步如飛，快如疾風，臉不紅，氣不喘，膝蓋也不疼不痛。

喬凡尼心想，如果能一直跑得這麼輕鬆愉快，跑遍全世界也不成問題。

兩人跑過剛才經過的河岸，看見剪票口的燈光變得越來越清晰。不久，兩人便已坐在原本的車廂座位上，從車窗看著剛才跑來的方向。

第八章　捕鳥人

「我可以坐這裡嗎？」

二人背後傳來一道沙啞但親切的大人說話聲。

那人身穿一件稍顯破舊的咖啡色外套，肩上分別掛著兩個用白布巾包起來的行李，他蓄著紅鬍鬚，有點駝背。

「可以，請坐。」喬凡尼微微聳肩，向他打招呼。男人鬍鬚底下露出一抹微笑，將行李慢慢放上行李架。喬凡尼突然感受到一股強烈的寂寞和悲傷，他不發一語注視著面前的時鐘。就在此時，遠方響起一陣如玻璃般清脆的哨音。火車緩緩開動。坎帕內拉朝車廂天花板四處張望。因為電燈上停了一隻黑色甲蟲，在天花板投下一道大大的陰影。紅鬍子露出懷念的神情微笑，注視著喬凡尼和坎帕內拉。火車逐漸加快速度，芒草與河水交替出現在車窗外綻放光彩。

紅鬍子怯生生地詢問他們：

「你們要去哪裡呢？」

「火車開到哪裡就去哪裡。」喬凡尼略顯尷尬地回答。

「真不錯呢，這列火車的確哪裡都能去。」

「不然，你去哪裡？」坎帕內拉突然怒氣沖沖地詢問那個人，喬凡尼忍不住發噱。結果，坐在對面一個頭戴尖帽、腰際掛著大鑰匙的男人，也朝這裡一瞥並笑了出來。坎帕內拉也不禁害羞地笑了。紅鬍子並未生氣，但臉頰微微抽動，回答他們：

「我馬上就要下車了，我是抓鳥買賣維生的。」

「抓什麼鳥？」

「鶴或雁，還有白鷺和天鵝。」

「你要去的地方，有很多鶴嗎？」

「多得很，牠們從剛才就叫個不停，你們沒聽到嗎？」

「沒有。」

「現在也聽得一清二楚啊！你們仔細聽。」

兩人閉上雙眼，豎耳傾聽。從鏗噹鏗噹疾駛的火車汽笛聲，與穿梭在芒草之間的風聲中，傳來一道嘩啦嘩啦如泉湧般的聲響。

「鶴要怎麼抓？」

「鶴嗎？還是白鷺？」

「白鷺。」喬凡尼覺得沒有差別，便隨意回答。

「捕捉白鷺可說是輕而易舉。所有白鷺都是由銀河細沙凝固聚集而成，牠們不管飛去哪，總是會回到河邊。只要在河岸上耐心等候，待白鷺群飛回來、放下腳，正準備著地的一瞬間，上前按住牠們就行了。一壓住白鷺，牠們就會全身僵硬不動，平靜地死去。之後的步驟，你們也知道，像押花一樣壓成乾就好了。」

「把白鷺壓成乾嗎？是要做成標本嗎？」

「不是標本，大家都吃白鷺呀？」

「好奇怪喔。」坎帕內拉歪頭不解。

「沒什麼好奇怪的，你們看。」男人從行李架取下他的大布包，俐落地解開。

「來，你們看，這是我剛剛抓到的。」

「真的是白鷺耶！」兩人不禁驚呼。十隻如同先前那座北方十字架一樣光潔雪白的白鷺身體扁平攤開，黑色鳥腳蜷縮在一起，宛如浮雕。

「牠們都閉著眼睛耶。」坎帕內拉以手指輕輕撫摸白鷺緊閉如月牙的眼睛。牠們頭上長矛般的白色冠羽依舊完好。

「我沒騙你們吧？」捕鳥人再度一層層蓋上包巾，纏上繩子。喬凡尼思索著到底什麼人會吃白鷺，便問他：

「白鷺好吃嗎？」

「好吃，每天都有人訂購。不過，雁的銷量更好，因為雁的肉多，處理起來又省時省事。你們看。」捕鳥人又解開另一個布包，一隻隻黃藍斑紋相間的雁，身子散發著光芒，就如剛才的白鷺一樣壓得扁平，鳥喙對齊，堆疊起來。

「這些雁馬上就可以食用，你們要不要嚐嚐看？」捕鳥人輕輕扯了一下黃色的雁腳。腳就像巧克力製成的一樣，完美地脫落了。

「怎麼樣？吃一點看看吧！」捕鳥人又將雁腳撕成兩塊，遞給他們。喬凡尼淺嚐一口，心想：

「原來這是點心啊！味道比巧克力還要可口，但是天上怎麼可能會有這種雁？這個人一定是在某處經營糕餅店的吧？我不把他說的話當一回事，卻又吃人家的點心，真是不知羞恥。」但是他嘴裡仍嚼個不停。

「再吃一點吧！」捕鳥人又取出布包。喬凡尼還想再吃，但還是謝絕了對方的好意，回答：「不用了，謝謝。」

捕鳥人也拿了一塊遞給對面座位那個掛著鑰匙的人。

「拿了你做生意的東西，真不好意思啊。」那個人拿下帽子。

「你就別客氣了。你覺得今年的候鳥，來的數量多嗎？」

「今年來得可多了。前天晚上，我上第二班的時候，到處有人打電話來通報故障，抱怨為何在規定時間外關掉燈塔的燈！真是的，又不是我關的。是那些候鳥成群結隊形成一道黑影，飛過燈塔前面，擋住了燈光。我也無可奈何啊！那些蠢蛋全打電話來向我抱怨也沒用嘛！我只好告訴他們：『你們要罵，就去找那些身穿羽毛斗篷、嘴巴和雙腳奇細無比的傢伙抱怨啊。』哈哈！」

芒草消失，對面原野上射來一道強光。

「為什麼白鷺比較費工夫呢？」坎帕內拉從剛才就一直很想問這個問題。

「因為想吃白鷺，」捕鳥人回過身來，「得先將白鷺吊掛十天，曬曬銀河的波光，或埋在沙裡三、四天才行，等水銀全部蒸發之後才能吃。」

「這不是鳥，是糕點吧？」坎帕內拉看起來還是想不通，他決定鼓起勇氣問個清楚。捕鳥人突然神情慌張地說：

「對了對了，我得在這裡下車啊。」上一秒還看他站起身來拿行李，才一眨眼，人就消失無蹤了。

喬凡尼和坎帕內拉面面相覷，燈塔守衛只咧嘴一笑，稍微伸了個懶腰，朝兩人旁邊的車窗向外望。兩人也望出車窗，只見剛才還坐在身旁的捕鳥人，已站在河岸旁一大片發出黃色與藍色美麗燐光的香青草原上，神情認真地張開雙手，凝視天空。

「他跑哪去了？」

「他跑去那裡了，他的動作好奇怪喔，一定又在捕鳥吧？希望列車開走之前，鳥兒就趕快降落地面了。」話才剛說完，一群似乎不久前才看過的白鷺嘎嘎大叫，如漫天飛舞的白雪般，從原本空蕩蕩的桔梗色天空中飄落下來。捕鳥人見這些白鷺正好足夠訂單上所需的數量，眉開眼笑，雙腿打開六十度站穩，雙手抓住白鷺降落縮起的黑腳，一隻接一隻裝入布袋中。白鷺就像螢火蟲，在袋子裡一閃一閃發出藍光，不久後藍光熄滅，白鷺全轉變為朦朧的白色，閉上眼睛斷了氣。但是，比起被捕捉到的鳥兒，還有更多未被捕獲的鳥兒平安落在銀河沙灘上。仔細一瞧，鳥兒在即將碰觸到沙地時，雙腳就如白雪融化一樣縮起，收入腹中。轉眼間，鳥兒就像熔爐裡流出的銅漿，擴散到沙地和礫石上。鳥的輪廓短暫地附著在沙灘上，但是輪廓也只閃爍兩、三下便消失無蹤，又變回原本的沙地，跟旁邊看起來沒有兩樣。

捕鳥人朝袋子裡裝了二十來隻白鷺後，突然高舉雙手，就像軍隊遭受槍擊，臨死前的姿勢。才一回神，捕鳥人就已消失無蹤。

「啊啊，真痛快，隨手一抓就能賺飽荷包，沒有比這更好的事了。」

喬凡尼聽見身旁傳來熟悉的說話聲。他轉頭一看，只見捕鳥人正在整理剛剛捕捉回來的白鷺，一隻隻堆疊在一起。

「你怎麼能夠一下子就從那裡跑回車上？」喬凡尼覺得這一切似乎理所當然卻又不合道理，便詢問捕鳥人。

「你還問？我想來，所以就來了啊。倒是你們，是從哪裡來的？」

喬凡尼想立刻回答，但是突然怎麼也記不起自己是從哪裡來的。坎帕內拉也漲紅了臉，試著回憶出什麼。

「啊，你們一定是來自遠方吧。」捕鳥人露出了然於心的表情，隨興點了點頭。

第九章　喬凡尼的車票

「這裡已經是天鵝區的盡頭。你們看，那裡就是知名的輦道增七（albireo，天鵝座β）監測站。」

窗外如漫天煙火燦爛的銀河正中央，矗立著四棟漆黑巨大的建築物。其中一棟的平坦屋頂上，有兩顆光彩奪目、晶瑩剔透的藍寶石及黃玉大球，環繞著圓形軌道靜靜旋轉。黃色大球漸漸轉向另一邊，而稍小的藍色圓球往這邊繞了過來。不久，兩顆球重疊在一起，變成美麗的綠色雙面凸透鏡，鏡面中央逐漸向外膨脹，最後，藍色圓球徹底轉到黃玉的正面，形成綠色的圓心，與明亮的黃色光環。接著，兩顆球又逐漸朝左右偏移，再度構成一個顏色相反的凸透鏡。最後，兩顆球分開，藍寶石向對面旋轉，黃玉則往這邊前進，不久又形成方才所見的情景。漆黑的觀測站宛如沉睡般，靜謐地橫臥在銀河無形無聲的水流環繞之中。

「那是測量河水流速的機器。水也……」捕鳥人話還沒說完，便傳來一聲：

「請各位出示車票。」一個頭戴紅帽、個子高挑的車掌，不知何時來到三人座位旁邊。捕鳥人默默從口袋裡拿出一張小紙片。車掌稍微一瞥，立刻轉開視線，似乎在問「你們的車票呢？」似地，向喬凡尼他們伸出手，手指動啊動的。

「怎麼辦？」喬凡尼面有難色，扭扭捏捏地不知如何是好，這時坎帕內拉卻二話不說，拿出一張小小的鼠灰色車票。喬凡尼連忙摸摸上衣口袋，看看裡頭有沒有車票。手一伸進去，便摸到一張摺疊起來的紙片。他心中暗忖，不記得怎麼會有這種東西。連忙掏出一看，原來是一張明信片大小、摺成四格的綠色紙張。他見車掌伸出手正在等候，決定不管那是什麼，先給他再說。沒想到車掌竟立正站好，小心翼翼地打開查看，一面看，還一面重新扣好上衣鈕釦。燈塔守衛也坐在位子上抬頭注視著那張紙。喬凡尼心想這應該是某種證明書，頓時覺得胸口熱了起來。

「這是從三度空間世界帶來的，對吧？」車掌詢問。

「我也不知道。」喬凡尼安下心來，並抬起頭朝車掌咧嘴大笑。

「可以了，本列車即將於第三時停靠在南十字星。」車掌將綠紙遞給喬凡尼，走向其他地方。

坎帕內拉迫不及待地查看那張紙，想知道那是什麼。喬凡尼也想快點看看。但是，紙上只印滿了黑色的蔓草圖案，和十幾個奇怪的字。看著看著，竟產生一種快要被吸入其中的感覺。旁邊的捕鳥人朝紙片一瞥，不禁驚呼：

「哎呀，這可是不得了的東西啊！是真正能通往天堂的車票呢！豈止天堂，是上天下地都能暢行無阻的通行證啊！只要有了它，就可以在這不完全的幻想四度空間銀河鐵道上自由來去。原來你們兩位不簡單啊。」

「我不懂你在說什麼。」喬凡尼面紅耳赤地回答，一邊將那張紙摺好放回口袋。由於氣氛太過尷尬，他和坎帕內拉又轉頭眺望窗外景色。他隱約感受到捕鳥人仍不時窺探著他們，感嘆他們的來歷。

「天鷹車站就快到了。」坎帕內拉望著對岸三座並排的小型藍白色三角標，對照著地圖說道。

喬凡尼忍不住莫名地憐憫起旁邊的捕鳥人。一想起捕鳥人抓到白鷺開心痛快的神情、將鳥兒包裹在白色布巾裡的模樣、斜眼偷看別人的車票，然後驚慌地稱讚的情景，喬凡尼便願意為了那個素昧平生的捕鳥人，將身上所有物品和食物統統給他。只要這個人能真正變得幸福，自己甘願在燦爛的銀河河岸上站上一百年，也願意幫他捕捉鳥兒。喬凡尼心中生起一股憐憫，頓時坐立不安。他想詢問捕鳥人真正想要的東西是什麼？但又覺得太冒失，正當不知如何是好時，一轉過頭，原本坐在旁邊的捕鳥人已不知去向。行李架上的白色布包也不見蹤影。喬凡尼猜想他會不會又在窗外，雙腳踩穩地面，仰望天空，準備捕捉白鷺？喬凡尼趕緊望向窗外，但是外頭只有一大片美麗的沙子和白色芒草波浪，看不見捕鳥人寬闊的背影和尖帽。

「那個人跑去哪裡了？」坎帕內拉也茫然地說。

「他跑哪去了？我們得去哪裡才能再見到他？我還想跟那個人再多說一些話啊。」

「對啊，我也是。」

「起初，我還覺得那個人很礙事。現在他不見了，我覺得很難過。」這是喬凡尼有生以來第一次產生這種難以名狀的心情，他以前也不曾說過這些話。

「好像有蘋果的味道。是因為我想到蘋果的關係嗎？」坎帕內拉驚奇地環顧四周。

「的確有蘋果的味道，還有野玫瑰的香味。」喬凡尼看看周遭，他覺得氣味似乎來自窗外。但是喬凡尼又想到，現在是秋天，不可能有野玫瑰的花香。

就在此時，突然出現一個頭髮亮澤烏黑、年約六歲的男孩，身穿紅色夾克，鈕釦也沒扣，帶著一臉驚恐，渾身顫抖，打著赤腳站在他們面前。男孩身旁站著一名高個青年，一身黑色西裝穿戴整齊，模樣好比屹立在狂風中的櫸樹。青年緊緊牽著男孩的手。

「哎呀，這裡是什麼地方？好漂亮喔！」青年背後還有一個年約十二，有著咖啡色瞳孔的可愛女孩，她身穿黑外套，摟著青年的手臂，驚豔地望著窗外。

「啊啊，這裡是藍開夏。不，是康乃庫特卡州。不，啊啊，我們來到了天空，我們要去天上了。你們看，那個標誌就代表著天堂。沒什麼好怕的，我們蒙主寵召了。」黑西裝青年興高采烈對女孩這麼說。但不知為何，他額頭上又立刻擠出深深的皺紋，疲憊不堪地勉強露出微笑，叫男孩坐到喬凡尼旁邊。

接著，他溫柔地向女孩指了指坎帕內拉身旁的座位，女孩聽話地坐了下來，雙手交疊在腿上。

「我要去大姊姊那裡！」男孩一入座，便對著神情迥異、剛往燈塔守衛身旁坐下的那名青年說。青年臉上露出難以言喻的悲戚，直盯著男孩濕漉漉的捲髮。女孩突如其來地雙手捂面，啜泣起來。

「爸爸和菊代姊姊還有很多工作要做，不過他們很快就會過來了。比起他們，媽媽已經等了很久。媽媽一定時常心想：我最寶貝的小正，現在在唱什麼歌呢？大雪紛飛的早晨，他是否和朋友們手牽著手在院子和樹叢繞圈玩耍呢？媽媽一定在擔心著你，所以我們快點去見媽媽吧！」

「嗯，要是我不坐那艘船就好了。」

「對啊，不過，你看看這片天空，不錯吧？那條耀眼的河流，就是我們一整個夏天都在吟唱『一閃一閃亮晶晶』，休息時從窗戶望去，不是可以看見一片片白茫茫的星星嗎？那條河就是那些星辰啊。你看，星光熠熠，很漂亮吧？」

哭泣的姊姊也以手帕擦乾眼淚，看著窗外。青年輕聲教導那對小姊弟說：

「我們再也不需感到悲傷，我們在這麼美麗的地方旅行，不久後就能到上帝身邊了。那裡一定明亮而芬芳，有許多善良的人。而代替我們搭上小艇的人，一定都能獲救，回到焦急等待著他們的父母身邊，以及他們的家裡。好，馬上就要到了，快點打起精神，一起開心高歌吧！」青年輕撫男孩濕漉漉的黑髮，安慰著他們，而他自己的臉色也逐漸容光煥發。

「你們是從哪裡來的？發生了什麼事？」剛才的燈塔守衛似乎瞧出些許端倪，向青年問道。青年微微笑一笑說：

「我們搭乘的船撞上冰山，船沉沒了。他們的父親因為有急事，兩個月前先一步回國了，我們隨後才出發。我就讀大學，受雇擔任他們的家庭教師。正好是啟航的第十二天，也就是今天或昨天，船撞上了冰山，嚴重傾斜，便開始下沉。月光朦朧，海面濃霧瀰漫。左舷那半邊的救生艇全沉入水中，無法使用了，乘客無法全部搭上救生艇。船就快沉了，於是我拚命吶喊：『讓小孩子先上船！』周圍的人立刻開出一條路，並為孩子們祈禱。但是，到救生艇的路上，還有很多更小的孩子和他們的父母，我實在沒有勇氣推開他們。但我認為救這兩個孩子的性命是我的義務，便推開了前面的孩子。可是我又突然閃過一個念頭：與其犧牲別人拯救他們，不如大家一起到上帝面前，對他們而言才是真正的幸福。後來我決定獨自承擔違背上帝旨意的罪行，無論如何也要救助這兩個孩子。但我看著船上的情景，怎麼也下不了手推開其他人。我看見為人父母者不顧自己安危，將孩子們送上救生艇，母親們發瘋似地吻別自己的孩子，父親們強忍悲痛，呆然佇立。眼前生離死別的場面，令人心痛。船逐漸下沉，我徹底斷了搭乘救生艇的念頭，決定抱緊他們倆，能漂多久就漂多久，於是做好準備，等待船沉沒。就在此時，不知是誰拋來一個救生圈，但我手一滑，又漂走了。我拚命拆下甲板的一塊木格子，讓我們三人緊緊抱著。不知哪裡傳來歌聲，轉眼間，大家紛紛用各國語言齊聲合唱。接著傳來一聲巨響，我們落入水中，捲入漩渦，我緊緊抱著他們。我回過神時，就來到這裡了。他們的母親前年過世了。我相信救生艇一定會獲救的。畢竟有那麼多經驗老到的水手划著小艇快速遠離了沉沒的船啊。」

青年話一說完，四周便傳來小小的祈禱聲，喬凡尼和坎帕內拉也隱約回想起遺忘的回憶，紅了眼眶。

（啊啊，那片大海好像叫做太平洋吧？就在北方盡頭漂浮著冰山的那片汪洋中，還有人搭著小船，竭盡全力抵抗著寒風、冰凍刺骨的潮水與嚴寒。我憐憫那個人，也覺得對不起他。為了讓那個人得到幸福，我該怎麼做才行呢？）

喬凡尼低垂著頭，忍不住鑽起牛角尖。

宮澤賢治

銀河鐵道之夜

「我不知道何謂幸福，但是，就算再痛苦的事，只要遵循正道前進，無論高峰或低谷，也能一步步接近幸福。」燈塔守衛安慰他們。

「是啊，沒錯。只不過，為了達到最高境界的幸福，即便得經歷再多的苦難，也是出於上帝的旨意。」青年如禱告般回答。

小姊弟筋疲力竭地靠在椅背上睡著了。男孩剛才還打著赤腳的腳丫子，不知不覺中已穿上一雙雪白柔軟的皮鞋。

列車鏗噹鏗噹沿著燐光燦爛的河岸奔馳。車廂另一邊的車窗外，是宛如放映著幻燈片的原野景致，原野上豎立著大大小小數以千計的三角標，大三角標上還看得見一點一點的紅色測量旗。放眼望去，全是三角標，數不盡的三角標匯聚在一起，宛如一道藍白雲霧；更遠的地方，不時還有蒼茫的烽火幻化成各種形狀，如同裊裊炊煙升向美麗的桔梗色天空。清新潔淨的風，充滿著玫瑰芳香。

「要不要嚐嚐？你們還是第一次看見這樣的蘋果吧？」坐在對面的燈塔守衛，不知何時拿出了金黃與紅色相間的漂亮大蘋果，小心翼翼地用雙手捧著放在腿上，以免蘋果掉落。

「哎呀，那是從哪裡來的？好漂亮啊，這裡種得出這麼漂亮的蘋果嗎？」青年驚訝地歪頭瞇眼，忘我地凝望著燈塔守衛捧在手中的那一小堆蘋果。

「請拿去吧，你們就收下吧！」

青年拿了一顆，朝喬凡尼他們一瞥。

「怎麼樣？兩位少爺，也拿一顆吧！」

喬凡尼聽見人家稱他為「少爺」，忍不住惱怒，但他並未吭聲。而坎帕內拉卻說了聲：「謝謝！」

青年親自給他們一人拿了一顆蘋果，喬凡尼也只好起身向他道謝。

燈塔守衛終於空出了雙手，他拿起兩顆蘋果，分別輕放在熟睡的小姊弟腿上。

「謝謝你，這麼漂亮的蘋果是從哪裡來的？」青年仔細端詳著蘋果。

「這一帶當然也有人從事農業，但多半是自然結出的果實。即便是農業，也不太耗時費力。多半只要撒下自己期望的種子，就能結實纍纍。稻米也不同於太平洋一帶，這裡的稻米沒有稻殼，米粒足足大上十倍，香氣十足。不過，你們即將前往的地方，已經沒有人從事農業。無論是蘋果還是糕點，都找不著分毫。那些食物都被人吞下肚，化為淡淡的香味，全由毛孔散發出去了。」

男孩突然睜開明亮的大眼說：

「啊啊，我剛才夢見媽媽了。媽媽住在一個有漂亮櫃櫥和書本的地方，她看著我，露出和藹的笑容，朝我伸出手喔。我才剛問完她：『媽媽，我撿一個蘋果給你吧？』就醒過來了。啊啊，這裡是剛才的火車裡，對不對？」

「你說的蘋果就在這裡，是這位叔叔給你的喔。」青年說。

「謝謝叔叔，哎呀，小薰姊姊還在睡覺，我叫醒她好了。姊姊，你看，人家送我們蘋果喔，你快點醒醒嘛。」

姊姊笑著睜開雙眼，她雙手摀住眼睛，就像看見刺眼的陽光，然後看向蘋果。男孩簡直就像吃派一樣啃著蘋果。削得工整漂亮的蘋果皮，捲成軟木塞開瓶器的形狀往下掉，但還未碰到地面，蘋果皮旋即發出灰色光芒，蒸發掉了。

喬凡尼和坎帕內拉小心翼翼地將蘋果收進口袋。

河川下游的對岸有座蓊鬱的森林，枝椏成熟，上頭結滿紅通通的圓形果實。那片樹林正中央立著一座高聳的三角標。樹林深處隨風傳來一道難以言喻的悠揚音色，混著交響樂和木琴，令人陶醉其中。

青年渾身冒起雞皮疙瘩，不停發抖。

靜靜傾聽樂曲，那聲音感覺就像一大片陽光充足、呈現黃色及嫩綠色的田野或地毯，朝四方擴展開來，也像白蠟般的露水掠過太陽表面。

「大家看那隻烏鴉！」坎帕內拉旁邊那個名叫小薰的女孩高喊。

「那不是烏鴉，那些都是喜鵲！」坎帕內拉無心地怒吼了一聲，喬凡尼見狀忍不住大笑，女孩尷尬地低下頭。在河岸旁的藍白波光上，一大群黑鳥排成一列，動也不動，身上映照著河流的微光。

「大家看牠們腦袋後頭的羽毛直挺挺的，確實是喜鵲。」青年趕忙打圓場。

對面蓊鬱森林中的三角標現已來到火車正前方。就在此時，遠從火車後方又傳來熟悉的三〇六號讚美歌旋律，聽起來像許多人開口合唱。青年臉上頓時失去血色，起身欲往聲音的方向走去，但遲疑了一下又坐回座位上。小薰以手帕摀住臉，就連喬凡尼也覺得鼻子嗅到的氣味不尋常。但不知不覺間，有人開始唱起了那首歌，歌聲越來越響亮，喬凡尼和坎帕內拉也忍不住一起開口高歌。

列車行駛到銀河的另一邊，這頭已經看不見翠綠的橄欖樹林，只能隱約瞧見樹影閃爍，逐漸消失在後方。後頭傳來的奇異樂器聲響，也被火車呼嘯而過的聲音和風聲淹沒，微弱得難以察覺。

「啊，有孔雀！」

「對啊，有很多喔！」女孩回答。

喬凡尼望著森林上頭逐漸變小、只剩下一顆綠色貝殼鈕釦那麼大的孔雀拍動翅膀時，不時閃爍反光的青色光芒。

「對了，我剛才也聽到了孔雀的叫聲。」坎帕內拉對小薰說。

「是啊，那裡有三十多隻。剛才聽見一陣宛如豎琴的聲音，就是孔雀的叫聲喔。」女孩回答。喬凡尼突然感到一陣無法言喻的惆悵，他差點猙獰地說出：

「坎帕內拉，我們跳下車去玩吧。」

河流一分為二。在漆黑的小島中央有一座高聳的望樓，上面站著一個身穿寬鬆衣裳、頭戴紅帽的男人。他雙手各握著一面紅旗和綠旗，仰望著天空，指揮交通。喬凡尼看著男人，男人先是不停揮舞紅旗，接著把紅旗藏在背後，高高舉起綠旗，像交響樂團的指揮一般，忘我地揮動旗幟。空中傳來淅瀝瀝的雨聲，某種漆黑物體如槍彈般飛向河流另一邊。喬凡尼不禁從車窗探出半個身體，抬頭望向對岸。成千上萬隻小鳥，一群又一群忙碌地發出鳴叫，通過萬里無雲、美麗如畫的桔梗色天空下。

「小鳥飛走了。」喬凡尼上半身停留在車窗外說道。

「我看看。」坎帕內拉也望向天空。就在此時，望樓上那名身穿寬鬆衣物的男人，突然舉起紅旗瘋狂揮舞，鳥群頓時停止前進，同時，河流下游傳來「嘩啦」一聲物體落水的聲響，之後，便是一片寂靜。頭戴紅帽的旗手再度揮動綠旗，放聲吶喊：

「候鳥，現在展翅高飛吧！候鳥，現在展翅高飛吧！」他聲音宏亮清晰。就在喊完這句話的同時，又出現成千上萬的鳥群，筆直橫越蒼空。女孩擠進喬凡尼與坎帕內拉之間的車窗露出小臉，光滑紅潤的臉頰綻放出美麗光彩。女孩也望向天空。

「好多鳥兒呀！天空真美呢！」女孩對喬凡尼說。但是，喬凡尼只覺得女孩自以為是、令人討厭。他緊閉雙唇，仰望天空。女孩嘆了口氣，不發一語地回到座位。坎帕內拉似乎很同情她，從窗外縮回了頭，看著地圖。

「他在告訴鳥兒往哪飛嗎？」女孩悄悄詢問坎帕內拉。

「他在幫候鳥指揮交通，一定是某個地方升起了烽火吧？」坎帕內拉沒什麼把握地回答。車廂裡一片寂靜。喬凡尼也很想從窗外縮回頭，但由於突然在明亮的地方露出臉，感覺不大好受，因此只能默默保持原本的姿勢站立，並吹起口哨。

（為什麼我會覺得如此悲傷呢？我必須維持更加潔淨、寬闊的心才行。對面河岸遠方，可以望見朦朧微小的青藍色火焰，火光寧靜而冰冷。我應該望著它，鎮定自己的思緒。）喬凡尼雙手按住發燒疼痛的腦袋，望著遠方。（啊啊，難道沒有人願意跟我一起走遍天涯海角嗎？坎帕內拉正和那女孩聊得眉飛色舞，我看了好痛苦啊！）喬凡尼熱淚盈眶。銀河漸行漸遠，只剩一片白茫。

就在此時，列車逐漸遠離河邊，開始在懸崖上奔馳。對岸黑壓壓的山崖沿著河岸，越往下游走，山壁也變得越來越高。一瞬間，突然出現一株高大的玉米，翠綠苞葉捲曲，覆蓋著飽滿的玉米，柱頭吐出紅色的鬚，隱約可見珍珠般的玉米粒。玉米數量越來越多，一列又一列整齊排列在山崖和鐵軌中間。喬凡尼從窗外縮回腦袋，望向對面車窗。美麗天空下是一整片高大的玉米田，直到原野的地平線盡頭，玉米窸窸窣窣隨風搖曳，一顆顆吸收了豐沛日光、如鑽石般閃耀的露珠，停駐在捲曲茂密的葉片末梢。露珠有紅有綠，彷彿火焰閃爍燃燒。

坎帕內拉告訴喬凡尼：「那是玉米田，對吧？」

但喬凡尼仍舊無精打采，提不起勁。他望著原野，魯莽又冷淡地回答：「大概是吧。」

此時，火車行駛聲漸漸安靜下來，車窗外閃過幾座號誌燈和轉轍器指示燈，停在了一個小車站。

正面藍白色的時鐘顯示兩點整。四周無風，列車也靜止不動。萬籟俱寂的原野上，只聽見鐘擺滴答滴答的聲響，準確地行走著。

在鐘擺永不止息的聲響與聲響之間，隱約聽見遙遠的原野盡頭傳來一縷細絲般的旋律。「那是新世界交響樂。」姊姊如自言自語般，望著喬凡尼他們輕聲說道。車廂裡那名身穿黑西裝的高個青年和其他乘客，彷彿全都沉浸在美好的夢境之中。

（在如此閑靜美好的時刻，為什麼我心情沒辦法變得更加愉快呢？為什麼我會如此孤獨悲傷呢？不過，坎帕內拉也太過分了，他是跟我一起上車的，卻淨顧著跟那女孩談天。我實在太難受了。）喬凡尼再次以雙手捂住半邊臉，凝視對面車窗外頭的景致。如玻璃般清脆的汽笛發出長鳴，火車靜靜啟動。坎帕內拉也寂寞地吹起星夜巡遊的口哨。

「沒錯，沒錯，這一帶已經是險峻的高原了。」後方傳來一位老人的硬朗嗓音，似乎才剛睡醒。

「種植玉米時，得先用棍子挖一個兩尺深的洞，再朝裡頭播種，否則長不出來。」

「原來如此，這裡離河流很遠吧？」

「沒錯，沒錯，少說有兩千尺到六千尺的距離，幾乎跟深不見底的峽谷沒兩樣。」

喬凡尼猛然想起，對了，這裡不正是科羅拉多高原嗎?!坎帕內拉仍寂寞地吹著口哨。女孩看著喬凡尼，她臉色紅潤，宛如包覆在絲綢裡的蘋果。突然間，玉米不見蹤影，眼前只剩一片寬闊漆黑的原野。地平線盡頭湧來清楚的《新世界交響樂》，漆黑的原野上出現一名印第安人，他頭上插著白羽毛，手臂和胸口佩戴了數不清的石頭裝飾。他拿起一根箭搭在小小的弓上，輕盈飛快地追著火車而來。

「哎呀，有印第安人。有印第安人耶，大家看！」

黑西裝青年睜開了眼睛，喬凡尼和坎帕內拉也站起來。

「他追上來了，哎呀，他追上來了。他是在追火車吧？」

「不，他不是在追火車，也許是在打獵或跳舞吧！」青年似乎忘了自己身在何處，手插入口袋，站著這麼說。

印第安人應該有一半是在跳舞。畢竟他追火車的步伐蹦蹦跳跳、缺乏效率，看起來也不怎麼認真。就在這時，印第安人頭上的白羽毛突然向前傾倒，他停下腳步，敏捷地舉弓射向空中。一隻鶴從天上落下，正好掉在再度拔腿前奔的印第安人大大張開的雙臂中。印第安人開心地站在那裡大笑。不久，他抱著鶴往列車張望的身影也逐漸變小變遠。電線杆上兩個隔電子一閃而逝，眼前又變成了玉米田。從這邊的車窗望出去，可看見列車奔馳在高聳險峻的懸崖上，下方則有一條寬闊的河川在山谷底部流淌，河面閃閃發光。

說。

「這裡開始就是下坡了，軌道會一口氣降至水平面，相當不容易。如此傾斜的角度，列車絕對無法從相反方向行駛過來。大家看，列車開始加速了！」剛才的老人這麼說。

火車加速往下奔馳。列車接近懸崖邊時，可以窺見下方水光粼粼的河川。喬凡尼覺得心情慢慢開朗了起來。當火車經過一間小屋，他發現一個小孩孤伶伶地站在小屋前方看著自己。他忍不住大聲驚呼。

列車不停向前疾駛，越跑越快。車廂裡的乘客身子往後傾倒，大家全緊緊抓住座位。喬凡尼忍不住和坎帕內拉笑了出來。銀河就在列車旁伸手可及之處滔滔奔流，水面不時閃現波光。河岸上四處都是盛開的淡紅色石竹。列車終於平靜下來，放慢了速度。

兩邊河岸都插著畫上星星與十字鎬的旗幟。

「那是什麼旗子？」喬凡尼終於說話了。

「我也不知道，地圖上沒有標注。那裡還放著鐵船呢。」

「對啊。」

「會不會是在架橋？」小女孩說。

「啊啊，那是工兵的旗幟，一定是在進行架橋演習。但是，怎麼沒看見軍隊的影子？」

就在此時，河流對岸靠近下游處看不見的銀河水流一閃，水柱猛然直衝而上，傳來「轟」一聲猛烈巨響。

「是爆破，是爆破！」坎帕內拉跳了起來。

等水柱消失後，巨大的鮭魚和鱒魚亮出白肚，被拋上空中，劃出一道圓弧，又落入水中。喬凡尼心情頓時輕鬆不少，差點興奮得跳起來。

「是天空上的工兵大隊！連鱒魚都被炸飛起來，真是驚人啊。我從未經歷過這麼愉快的旅程，實在太棒了！」

「如果靠近一點看，那些鱒魚一定有這麼大吧！沒想到銀河河水竟有這麼多魚啊。」

「裡頭也有小魚吧？」女孩插嘴。

「一定有，有大魚，就會有小魚。不過距離太遠，所以看不見小的。」喬凡尼先前的壞心情已煙消雲散，他興致十足地笑著回答女孩。

「那一定是雙子星的宮殿。」男孩突然指著窗外大喊。

右前方低矮的小丘上，聳立著兩座以水晶砌成的小巧宮殿。

「雙子星的宮殿是什麼？」

「我以前聽媽媽說過很多次。她說雙子星有兩座小巧的水晶宮殿，一定就是那個！」

「你說說看，雙子星做了什麼？」

「那故事我也知道！雙子星到原野上玩耍，結果跟烏鴉吵起架來，對不對？」

「不是啦，是發生在銀河岸邊的故事，媽媽不是有說過嗎……」

「後來彗星發出嘰嘰呼、嘰嘰呼的叫聲，也過來了。」

「討厭啦，你別胡說八道。那是另一個故事。」

「所以雙子星現在才會在那裡吹笛子吧？」

「雙子星去了海邊。」

「不對，雙子星已經從海裡上岸了。」

「對喔，對喔，我想起來了，我來說吧！」

河流對岸突然變得紅通通，楊柳樹與其他景物黑漆漆一片，原本看不見的銀河水波，也不時亮著細如針的紅光。對岸原野燃起熊熊大火，濃烈黑煙扶搖直上，彷彿要把桔梗色的冰冷天空燒焦一樣。燎原大火比紅寶石更鮮紅透亮，比鋰結晶更目眩神迷。

「那是什麼火？要燒什麼東西，才能燒出那麼紅的火光？」喬凡尼說。

「是天蠍大火。」坎帕內拉又對照地圖回答道。

「哎呀，如果是天蠍大火，那我知道。」

「天蠍大火是什麼？」喬凡尼問。

「據說是因為天蠍燒死了，當時的大火一直燃燒到現在。我聽爸爸說過好幾次。」

「天蠍是一種蟲嗎？」

「對，天蠍是蟲。不過，是好的蟲。」

「天蠍才不是好蟲，我在博物館看過泡在酒精裡的蠍子。牠尾巴上有個大螯，老師說過，如果被牠的螯刺到就會死掉。」

「你說得沒錯。不過，我爸爸也說過牠是益蟲。聽說，以前在巴魯多拉原野上，有隻蠍子專門吃小蟲。某天，牠碰上鼬鼠，差點被吃掉。蠍子拚命逃跑求生，但還是逃不過鼬鼠的追捕，就要被抓住了。此時，蠍子突然掉進一口井裡，怎麼也爬不上來。於是蠍子就禱告說：

『啊啊，我從前不知道殺害了多少生命，如今碰上鼬鼠對我展開獵殺，我卻不顧一切地逃命。不過終究還是落得這樣的下場。啊啊，我已經沒有希望了，為什麼我不乖乖將自己的身體送給牠吃呢？牠也能因此多活上一天啊。上帝啊，請體察我的真心，別讓我白白喪命，為了讓大家得到真正的幸福，請你好好利用我的身體吧！』語畢，蠍子看見自己身體不知不覺間化為美麗的火紅烈焰，照亮了夜晚的黑暗。我爸爸說過，天蠍大火現在還在燃燒。那片火海一定就是天蠍大火。」

「沒錯，你們看！那邊的三角標正好排列成一隻蠍子的形狀喔！」

喬凡尼也覺得，熊熊大火另一邊的三座三角標看起來正如天蠍的螯臂，而靠近這邊的五座三角標則如天蠍尾巴與螯刺。火紅迷人的天蠍大火正在無聲燃燒，燒亮了整片天際。

隨著大火逐漸朝後方遠去，大家聽見熱鬧的音樂聲此起彼落，也聞到一陣草花的芳香，其中還夾雜著口哨聲和人們交頭接耳的嘈雜聲響，令人不禁猜測，不遠處應該有個城鎮，而鎮上正在舉行慶典。

「半人馬座，快降下露水吧。」喬凡尼身旁熟睡的小男孩突然醒來，望著車廂對面的車窗大喊。

原來窗外聳立著一棵不知是雲杉還是冷杉的樹，枝葉如聖誕樹翠綠，樹上無數顆小燈泡發出光芒，就好像千百隻點點流螢。

「啊啊，對了！今晚是半人馬座節。」

「沒錯，這裡是半人馬座村莊。」坎帕內拉立刻回應。

（原作佚失一頁）

「如果比投球，我一定不會投歪的。」男孩自豪地說。

「即將抵達南十字星站，準備下車吧！」青年對小姊弟說。

「我還想再坐一段路。」男孩說。坎帕內拉身旁的女孩心神不寧地起立收拾行李準備下車，但她的模樣看來並不想跟喬凡尼他們分開。

「我們必須在這裡下車。」青年板起面孔，低頭對男孩說。

「不要，我想再搭一下火車，晚一點再過去。」

喬凡尼按捺不住，便告訴他們：

「你們跟我們一起走吧，我們手上的車票可以到天涯海角。」

「可是我們必須在這裡下車，因為這裡是通往天堂的入口。」女孩落寞地說。

「就算不上天堂也沒關係吧？我們老師說過，我們必須在這裡創造出比天堂更加美好的世界。」

「因為我們的媽媽已經上天堂了，我們當然也要過去。而且，這一定是上帝的旨意。」

「你口中的上帝是假上帝。」

「你信奉的上帝，才是假上帝！」

「才不是咧！」

「那麼你信奉的上帝，是個怎樣的上帝？」青年笑著提問。

「我也不太清楚。不過，真正的上帝，一定是獨一無二、無可取代的存在。」

「真正的上帝當然是獨一無二的。」

「沒錯，真正的上帝是獨一無二、無可取代的。」

「所以，那不就對了嗎？我向上帝禱告，希望祂能讓我們在你口中那位真正的上帝面前，和你們重逢。」青年虔誠地雙手合十，女孩也照做。大家依依不捨，臉色有些蒼白。喬凡尼差點失聲痛哭。

「準備好了嗎？就快到南十字星站了。」

此時，遠在天邊看不見的銀河下游處，一座十字架像棵大樹巍巍矗立在奔騰流水之

宮澤賢治

銀河鐵道之夜

中。十字架上宛如鑲嵌了青色、橙色等斑斕絢爛的光彩。繚繞上頭的藍白雲彩形成一道光環，在十字架背後散發出光芒。車廂裡人聲鼎沸，乘客就像見到北十字星時一樣莊嚴肅立，開始禱告。四處傳來宛如孩童奔向甜美瓜果的歡呼聲，以及深沉且難以言喻的感嘆聲。十字架來到車窗前，如蘋果果肉般蒼白的環狀雲彩，輕柔地在一旁繚繞。

「哈利路亞，哈利路亞！」人們朝氣蓬勃的歡呼聲迴盪耳中。天空遠方——冰冷的天空遠方，傳來清脆響亮的喇叭聲。列車就在數不盡的號誌燈和電燈燈光中慢慢減速，最後來到十字架正前方，停了下來。

「好，我們下車囉！」青年牽起男孩的手，朝出口的方向走了出去。

「再見。」女孩轉身向兩人道別。

「再見。」喬凡尼強忍著想放聲大哭的心情，賭氣似地粗魯回應。女孩難過地睜大眼睛，再次回頭朝他們看了一眼，便不發一語地走出門外。車廂裡一大半的座位都空了。突然變得空蕩蕩的車廂分外冷清，風呼嘯著，不停灌進車廂內。

仔細向窗外一看，人們畢恭畢敬地排成一列，跪在十字架前的銀河岸邊。兩人看見一個身著白衣的人，神聖莊嚴地伸出雙手，越過看不見的銀河流水朝這邊走來。但就在此時，清脆的火車汽笛響起，列車開始向前行駛。銀色霧靄倏然從下游飄來，眼前頓時一片蒼茫，什麼都看不到。只能看見核桃樹茂密的葉片在霧中燦燦發光，還有釋放出金色光環的電松鼠不時閃現的可愛臉蛋。

霧靄很快又消散無蹤，窗外出現一條不知通往何處的街道，小小的路燈整齊排成一列。街道沿著鐵軌向前延伸，就在兩人通過那排路燈時，細微的淡黃燈光彷彿在向他們打招呼似地忽然熄滅，待兩人經過後才又亮了起來。

回頭望去，剛才那座十字架已徹底變小，小得幾乎可以當成墜子掛在胸前。其他景物也遠得模糊不清，無法辨別剛才那女孩和青年等人仍舊跪在十字架前的白色河岸上？還是已經去了不知位於何方的天堂？

喬凡尼深深嘆了一口氣。

「坎帕內拉，又只剩下我們兩個了。無論天涯海角，我們都要攜手同行喔！我現在就像那隻被鼬鼠追趕的小蠍子，為了讓大家得到真正的幸福，就算遭大火焚身千百遍，我也在所不辭。」

「嗯，我也一樣。」坎帕內拉眼中浮現晶瑩淚水。

「可是，究竟什麼是真正的幸福呢？」喬凡尼問。

「我也不知道。」坎帕內拉茫然回答。

「我們好好加油吧！」喬凡尼覺得胸口湧上一股全新的力量，他深深吸了一口氣。

「啊，那裡就是煤炭袋喔，就是天空上的黑洞。」坎帕內拉語帶迴避地指著銀河一處說。喬凡尼朝他手指的方向一望，不禁大吃一驚。銀河上的確出現了一個漆黑大洞。洞穴多深？洞穴裡有什麼？無論他怎麼揉眼，仍然什麼也看不見，只感受到眼睛陣陣刺痛。喬凡尼說：

「就算那洞穴裡面再黑，我也不怕。我要進去尋找人們真正的幸福。就讓我們攜手前進，闖蕩天涯吧！」

「啊啊，我一定會跟你去的。你看，那片原野多美麗啊！大家都聚集在那裡，那裡一定就是真正的天堂吧？啊，站在那裡的是我媽媽！」坎帕內拉突然指著窗外遠處的美麗原野高呼。

喬凡尼也望向他所指的地方，但只看見白霧瀰漫，實在不像坎帕內拉說的那樣。他感受到一股難以言喻的落寞，茫然地望著窗外。對面河岸兩根電線杆並立，紅色腕木就像從左右分別伸出手，環抱在胸前一樣。

「坎帕內拉，我們要永遠在一起，好嗎？」喬凡尼邊說，邊回過頭來，但剛才坎帕內拉坐著的座位上，已看不見坎帕內拉的身影，只剩黑天鵝絨椅布閃閃發光。喬凡尼立刻像子彈一樣猛然站起，他盡可能無聲無息地將身體探出窗外，用力捶打自己的胸膛，激動嘶吼，然後放聲嚎啕大哭。眼前突然一片漆黑。

喬凡尼睜開雙眼。他發現自己累得躺在小山丘的草地上睡著了。他覺得胸口莫名激動灼熱，臉頰流下一道冰冷的淚水。

喬凡尼像彈簧一樣跳了起來。城鎮依舊像剛才一樣燈火通明，但喬凡尼卻覺得燈火比先前更加火熱。而不久前還在夢境中悠然遨遊的銀河，一樣白茫茫地高掛天際；漆黑的南方地平線上方，煙霧迷濛，右邊的天蠍座紅色星辰豔光明滅，星空的整體位置並未有太大的變化。

喬凡尼一口氣跑下山丘。他想起了還沒吃晚飯、正在等著他回家的母親。他拔腿穿過漆黑的松樹林，繞過牧場的灰白色柵欄，通過剛才的入口，又來到昏暗的牛舍前。似乎剛好有人外出返家，一輛原本沒看見的車停在外頭，上頭載著兩個木桶。

「你好。」喬凡尼喊了一聲。

「來了。」一個穿著寬鬆白褲的人立刻走了出來，「你有什麼事嗎？」

「今天牛奶沒送來我家。」

「啊，對不起。」那個人立刻走進裡頭拿出一瓶牛奶，遞給喬凡尼，並笑著說：

「實在很抱歉。我今天中午不小心沒關好柵欄，一條大蛇乘機鑽到乳牛那裡去，喝掉了一大半牛奶……」

「這樣啊，我收到牛奶了，那我先回家了。」

「不好意思，讓你專程跑一趟。」

「不會。」

喬凡尼雙手輕捧著還溫熱的牛奶瓶，走出牧場柵欄。

他經過林間小路，走上大街。又走了一會兒，來到十字路口，路口右方的大馬路盡頭，就是剛才坎帕內拉他們準備出發去放王瓜燈籠時經過的大橋。橋上的望樓若隱若現地聳立在夜空中。

十字路口的街角和商店前，分別站了七、八名女子，她們望著橋的方向，一邊交頭接耳、議論紛紛。不只她們，橋上還充滿了各式各樣的燈光。

喬凡尼心裡莫名感到一陣涼意，他突然吼叫似地詢問旁邊的人：「發生了什麼事？」

「有個小孩落水了。」其中一人回答，其他人同時望向喬凡尼。喬凡尼不顧一切地奔向大橋。橋上人聲鼎沸，根本看不見河面，連身穿白色制服的巡察也來了。

喬凡尼沿著橋墩，飛奔到寬闊的河岸。

只見許多人提著燈，沿著岸邊忙碌地上上下下。對岸的漆黑堤防上也有七、八盞火光來回移動。河面上早已看不見王瓜燈籠的火光，灰濁的河水靜靜流過，發出微弱聲響。

喬凡尼來到河岸最下游的地方，那裡有塊沙洲，聚集在上頭的人群黑影輪廓分明。喬凡尼拔腿衝向他們，立刻撞見了剛才跟坎帕內拉在一起的馬爾索。馬爾索跑向喬凡尼，對他說：

「喬凡尼，坎帕內拉掉進河裡了！」

「怎麼會掉進去？什麼時候？」

「薩內利想從船上將王瓜燈籠推進河裡，沒想到船晃了一下，他就落水了。坎帕內拉為了救他，立刻跳進河裡，將薩內利推向船邊。卡透抓住了薩內利，救起了他。可是，後來就再也看不見坎帕內拉了。」

「大家都來幫忙找他嗎？」

「對，大家馬上趕來搜索了，坎帕內拉的父親也來了。但是遍尋不著他的人影。薩內利已經被帶回家了。」

喬凡尼走向人群，學生和鎮上居民團團圍住坎帕內拉的父親，他臉色鐵青、雙頰凹陷，身著黑衣，直挺挺地站在河邊。坎帕內拉的父親目不轉睛地盯著右手中的懷錶。

大家也凝視著河面。所有人噤口不語，誰也不敢說一句話。喬凡尼心裡惴惴不安，雙腳不停顫抖。捕魚時使用的電石氣燈往來交錯，黑暗的河水泛起粼粼水波向前奔流。巨大壯觀的銀河完整倒映在下游河面，儼然就像遠方天際的無水星河重現眼前。

喬凡尼頓時有種強烈的預感，他知道坎帕內拉將永遠留在夜空中的銀河盡頭了。

大家還未放棄救援，似乎都在期待著坎帕內拉從水波中冒出頭來說：「我游了好久啊！」或是期望他漂流到一座無人知曉的沙洲，等待著某人前去相救。沒想到這時，坎帕內拉的父親毅然決然地說：

「沒希望了，他落入河裡已經過了四十五分鐘。」

喬凡尼不由得衝上前去，站到博士面前，本來想告訴他：「我知道坎帕內拉的去向，我一直和坎帕內拉在一起。」可是喉嚨卻堵住了，什麼也說不出口。博士或許以為喬凡尼是想來慰問他，望著喬凡尼好一會兒。

「你是喬凡尼，對吧？謝謝你今晚過來幫忙。」博士親切有禮地說。

喬凡尼說不出半句話來，只能向博士鞠個躬。

「你父親回來了嗎？」博士緊緊抓著手錶，又問了一句。

「還沒。」喬凡尼輕輕搖頭。

「他怎麼這麼慢？前天他還寄了一封信給我，從信上的內容看來，他過得很好。應該今天就會抵達才對啊，難道是船期延誤了嗎？喬凡尼，你明天放學後跟大家一起來我家玩吧。」

博士說著，目光轉向下游倒映著銀河的河面。

喬凡尼心中千頭萬緒、百感交集，但他什麼也說不出口。他離開博士面前，只想快點把牛奶拿回去給母親，並告訴她父親即將返家的消息。於是他一溜煙地奔上河岸，朝著城鎮的方向跑去。

富蘭頓農校的豬

フランドン農学校の豚

（原作佚失第一頁）

「……之外的物質大可盡量攝取，那些養分會轉化為脂肪或蛋白質，囤積在體內。」由於上頭這麼寫，因此只要不是金屬或石頭，農校的畜產助手和打雜小僮等人就會全都拿來餵食。

尤其是豬，一方面是出於天性，一方面是牠已經習以為常了，因此對於這樣的餵食方式並未特別反感。反而每到傍晚時分，豬會感到幸福並感謝上蒼。這是因為那天晚上，化學科一年級學生來到牠面前，露出不可思議的表情，望著豬的身體。豬也不時抬起牠小如蠶豆的怒眼，偷偷打量對方。那個學生說：

「豬這種生物的構造還真是奇妙。只要喝水、吃草鞋或稻草，就能變成上等的脂肪和肉。豬的身體就好比一種活生生的觸媒，和白金一樣。觸媒當中，論無機體就是白金，論有機體就是豬。越想越覺得神奇啊！」

豬當然聽見他將自己的名字與白金並列，而且豬也深知白金一匁三十圓。牠的身體有二十貫，因此牠算得出自己的身價。豬垂下耳朵，半閉雙眼，彎下前肢開始計算。

二〇×一〇〇〇×三〇＝六〇〇〇〇〇，足足六十萬圓。若有六十萬圓，在當時

宮澤賢治

富蘭頓農校的豬

的富蘭頓一帶，堪稱一流紳士，現在或許也差不多。豬得知自己身價相當於一流紳士，感到幸福無比，牠咧起腦袋下方如鯊魚般的大嘴開心大笑，也不是沒有道理。

但是，豬的幸福日子並不長。

過了兩、三天，這隻富蘭頓的豬從大量傾洩而下的一大團食物中（各位大學生，請堅強地聽清楚，好嗎？）看見一枝細長的白色物體，末端植有短毛。直截了當地說，那是一枝駱駝牌牙刷。我知道我這番說教聽起來煩人，對特地受過洗禮的各位大學生實在過意不去，但還請忍耐。

豬著實吃了一驚。因為當牠看見那枝牙刷的刷毛，頓時覺得全身毛髮就像被風兒吹動的小草，發出窸窸窣窣的聲響。豬神情迥異地瞪著牙刷許久，逐漸頭昏腦脹，忍不住作嘔。於是，牠便將頭埋進稻草堆裡，倒頭大睡了。

到晚上，豬的心情好了一點，牠靜靜站起來。說是心情好，但畢竟是豬的心情，當然不會像蘋果那樣清脆，也不會像藍天一樣晴朗。是一種灰色的心情。略為冰冷、透明的灰色心情。若是真心想了解豬的心情，除非變成豬，否則別無他法。

無論是外來種的約克夏豬，還是黑色的巴克夏豬，都不會認為自己駑鈍或怠惰。我們最難想像的是，當豬平坦的背脊遭到棒子捶打的時候，究竟有什麼感受。不管用日語、義大利語、德語，還是英語，都不知該怎麼描述才好。結果，除了叫聲之外，我們都聽不懂。和康德博士一樣，全然不可知。

言歸正傳，豬越吃越肥，成天吃飽睡、睡飽吃。富蘭頓農校的畜產學老師每天都來到牠面前，用銳利的眼睛死盯著牠瞧，計算牠的活體重量後才回去。

「窗戶得再關緊一點，房間暗一點，才會長出更多美味的脂肪。而且差不多也該催肥了吧？你能不能每天在飼料裡放一些亞麻仁呢？」老師對著穿水藍色上衣的年輕助手這麼說。豬當然全聽見了，而且非常反感，和看到牙刷時一樣。牠們特別準備的亞麻仁不太容易吞嚥。那些都是豬從畜產學老師說話的語氣中感受到的。（總之，這兩人雖然給我吃、供我喝，但是不時會用冰冷如北極天空的眼光打量我的身體。他們其實是以令人無法忍受、冷酷得毫無商量餘地的念頭，在思考我的未來。太可怕了，啊啊，太可怕了！）豬心中暗忖，害怕得忍受不了，於是用鼻子衝撞面前的柵欄。

正好就在那頭豬即將遭到屠宰的前一個月，該國國王下了一道命令。

該法令為「家畜撲殺同意簽署法」。布告上內容為——任何人想要殺掉家畜，都必須取得該家畜的死亡同意書，而且該同意書上必須有家畜的簽名。

因此那陣子，無論是牛還是馬，大家在遭到屠宰前夕都被主人強迫在同意書上蓋手印。人們還特地卸下一些年邁老馬的馬蹄鐵，牠們只好流著眼淚，在同意書上蓋下大大的馬蹄印。

富蘭頓的約克夏豬也看到那張活版印刷的死亡證明書了。所謂的看見，指的是某天富蘭頓農校校長拿著一張黃色大紙來到豬圈。豬的語言天分不錯，而且實際上豬舌頭非常柔軟，十分具有學習語言的素質，所以牠以流利的人話，沉靜地向校長問候。

「校長，今天天氣真好呢！」

校長默默將那張黃色證書夾在腋下，雙手插在口袋，對牠苦笑說道：

「嗯，是啊，天氣很不錯。」

豬不知為何總覺得這句話進了耳朵，卻卡在喉嚨。再加上校長目不轉睛地盯著豬的身體打量，簡直和那個畜產學老師一樣。

豬悲傷地垂下耳朵，怯懦地這麼說：

「我最近這幾天，總覺得心裡很悶。」

校長又苦笑對牠說：

「是嗎？心裡煩悶，你應該不會是覺得受夠這個世界了吧？」看見豬愁容滿面，校長連忙住嘴。

農校校長和豬不發一語地大眼瞪著小眼，站了好一會兒。雙方一句話都不說，就只是站在原地死盯著對方。後來，校長終於放棄讓牠簽署證書。

「總之，你好好休息吧，可別到處亂跑喔。」校長依舊將黃色大紙夾在腋下，轉身走遠了。

後來，豬再三思索校長的苦笑和言下之意，忍不住害怕得發抖，牠自言自語說：

「『總之，你好好休息吧，可別到處亂跑喔。』到底是什麼意思？啊啊，真苦惱，真苦惱。」豬差點想破牠那梯形的腦袋。加上那天晚上颳起暴風雪，外頭狂風呼嘯，乾燥粗硬的雪片從小屋縫隙吹了進來，連豬吃剩的食物都被雪淹沒了。

但是第二天，畜產學老師又來了，與上次那穿藍色上衣、滿臉通紅的助手，一如往常地用銳利眼神上上下下、從頭沿著耳朵到背脊打量了一番，簡直就像要把豬吞下去一樣。然後，他舉起一根尖尖的手指說：

「你每天都有給牠吃亞麻仁吧？」

「有。」

「我想也是，我看明天或後天就差不多了。快點拿到同意書就行了。怎麼沒拿到呢？我昨天明明看到校長夾著同意書走過來了啊？」

「對，校長來過。」

「那應該簽好了吧？如果簽好了，他應該會馬上給我才對啊。」

「是。」

「把房間調暗一點試試看吧。還有，在執行前一天，不要給牠任何飼料。」

「好，我會照辦。」

畜產學老師再次用銳利的眼神將豬打量了一番，才走出豬圈。

那之後，豬的心情越來越煩悶（同意書指的是什麼同意書？他們到底想幹什麼？執行的前一天不能給我飼料，是要執行什麼？他們到底想對我幹什麼？把我賣去遠方嗎？啊啊，真苦惱，真苦惱啊。）這天，豬還是煩惱得頭痛欲裂。當晚，豬的神經過度亢奮，睡不好覺。隔天早上，太陽終於升上天時，三名咯咯大笑的住校生來到小屋。他們朝著一晚沒睡、腦袋陣陣抽痛的豬說了一些令人生厭的對話。

「不知道是什麼時候？好想快點看看啊。」

「我才不想看咧。」

「希望可以快一點，否則事先採收好的青蔥放太久會凍壞啊。」

「馬鈴薯也準備好了吧？」

「早就準備好了，收了三斗哩。只怕光我們幾個人還吃不完。」
「今天早上好冷啊。」一人朝手裡呼著白煙說道。
「那隻豬看起來挺暖和的。」一人這麼回答，三人哄堂大笑。
「豬是脂肪堆成的，等於穿著厚達一寸的外套，當然暖和啊。」
「看起來好暖和，你們看牠身上彷彿冒著熱氣啊。」
豬難過得站不穩腳步。
「要是可以快點解決牠就好了。」
三人嘀嘀咕咕走出小屋。之後，就在豬的痛苦（想看、不想看、希望快一點、蔥會凍壞、馬鈴薯三斗、吃不完、厚達一寸的脂肪外套。啊啊，好可怕。他們簡直就像透視了別人的身體，啊啊，好可怕，太可怕了。但是，我和蔥到底有什麼關係？啊啊，真苦惱啊）和煩悶中，校長又來了。他在門口拍掉身上的雪，照例掛著苦笑，站到豬面前。
「怎麼樣？你今天心情有沒有好一點？」
「好多了，謝謝關心。」
「心情好，是嗎？不錯。食物好吃嗎？」
「謝謝，非常好吃。」

「那就好。對了，我今天來是想跟你打個商量。怎麼樣，你現在腦袋清楚嗎？」

「可以。」豬的聲音變得沙啞。

「老實說，世上萬物終究得一死。事實上，什麼生物都會死。即使是人類中的貴族、富人，或是我這種中產階級，還有最卑賤的乞丐，都難逃一死。」

「是。」豬聲音卡在喉嚨，回答得含糊不清。

「另外，人類以外的動物，好比馬、牛、雞、鯰魚，甚至細菌，也都難逃一死。更別說蜉蝣那種生物了，朝生夕死，只有一天的生命。大家都難逃死劫，所以你或我，有一天也必定死亡。」

「是。」豬聲音沙啞，回不了半個字。

「所以，我想跟你打個商量。我們學校把你養到今天，雖然不是什麼值得一提的事，不過校方已經盡可能地用心照顧你了。你的夥伴到處都有，你應該也很清楚。這麼說有點可笑，不過，其他地方的待遇應該都沒有我這裡好。」

「是。」豬很想回應，但是剛才吃下去的食物好像都噎住了，怎麼用力都擠不出聲音來。

「說到這裡，我想跟你打個商量。如果你對我們的照顧多少有點感恩之心，我有個小小的請求，不知你願不願接受？」

「是。」豬聲音沙啞，仍舊無法回答。

「只是點芝麻小事。這裡有張紙，紙上這麼寫：死亡同意書，承蒙長期養育之恩，敝人願配合所需，隨時犧牲。年、月、日，富蘭頓畜舍內，約克夏，此致富蘭頓農校校長殿下。只有這幾個字。」校長一開口便一瀉千里，停不下來。

「總之，反正你總有一天都得死，所以死時勇敢地高呼自己隨時可以犧牲，根本不算什麼。用不著你死的時候，我也不會讓你死。希望你在這裡，蓋上一個你前腳的爪印。就是這樣的舉手之勞。」

豬皺起眉頭，注視著校長塞過來的同意書良久。如果校長說的有道理，的確是件小事。但是仔細讀完同意書上的文字後，牠甚是恐懼。豬終於再也忍耐不住，哭著這麼說：

「隨時的意思，可能是今天嗎？」

校長一驚，但立刻恢復平靜回答：

「沒錯，不過，絕對不會今天就讓你死的。」

「但是，有可能是明天吧？」

「很難說，應該不會急到明天就要你死。隨時，就是指『總有一天』的意思，是個定義很模糊的詞。」

「要死的話，是我一個人死嗎？」豬又以尖銳的聲音詢問。

「嗯，倒也不是。」

「我不要，我不要，我不想死。我無論如何都不想死。」豬高聲哭喊。

「不要嗎？那就沒辦法了。你這忘恩負義的傢伙，連貓狗都不如！」校長大發雷霆，面紅耳赤地將同意書收進口袋，大步走出小屋。

「反正從一開始我就比不上貓狗了，哇啊！」豬實在心有不甘，悲憤之情一時湧上心頭，牠不顧一切地嚎啕大哭。但是，哭了半天後，兩夜沒睡的疲倦一口氣冒了上來，牠忍不住哭著入睡了。睡夢中，豬仍舊害怕得手腳不停顫抖。

但是到了隔天，畜產學老師又帶著助手來了。他們一如往常用那令人難以忍受的目光打量著豬，心情惡劣地對著助手說：

「怎麼回事？一身肥肉都不見了！太不像話了，這跟農民家中養的豬有什麼兩樣？你知不知道到底發生了什麼事？臉頰肉都消了，而且肩膀變得這麼薄，這樣的豬沒辦法帶去品評會啊。到底出了什麼事？」

助手用手指抵住嘴唇，默默想了一會兒後喃喃回答：

「我也不清楚，只有昨天下午校長來了一趟而已，也沒發生其他事。」

畜產學老師跳了起來。

「校長？原來如此，一定是校長。他一定是拿同意書來讓牠蓋印，結果出了紕漏，讓豬嚇到了。所以這傢伙才一整晚都不睡覺。這下糟了。而且校長一定也沒拿到牠的同意書。這下真的麻煩了。」

老師滿是遺憾地咬牙切齒，手臂交叉在胸前說道：

「算了，沒辦法。把窗戶全打開吧！然後放牠出去運動一下。不過不可以隨便打牠，也別讓牠亂跑。帶牠去曬不到太陽的地方，好比豬圈的陰涼處，或是沒有積雪的草原上，讓牠走走。一次十五分鐘左右就好。還有，別餵飼料了，讓牠稍微餓一下。等牠心情平復之後，再給牠一些新鮮的高麗菜。待牠漸漸恢復，再依照往常餵牠飼料。可惜花了一整個月催肥，才一個晚上就全部白費了！你聽清楚了嗎？」

「我知道了。」

老師回教職員辦公室去了，豬的心情沮喪至極，怔怔地看著面前的牆壁，不想動也不想叫。助手拿了一條細鞭，笑著走進來，他打開豬圈出口，和善地說：

「要不要去散個步呢？今天天氣非常晴朗，也平靜無風。我陪你出去走走吧？」語畢，便舉起鞭子打向牠的背。約克夏實在忍受不了他，只好無奈地走出豬圈。但是，牠心中充滿悲憤，每走一步，胸口就好像快炸開似的。助手悠哉地吹起蒂珀雷里的口哨[7]，慢條斯理地跟在後面，手上還揮著皮鞭。

吹什麼蒂珀雷里？沒看見我這麼悲傷嗎？豬不悅地抿著嘴，不時聽見助手說：「呃，稍微往左邊走一點，怎麼樣？」什麼嘛，只會嘴上說說，手裡卻拿著鞭子打我。（這個世界真是太痛苦、太痛苦了，真的是個苦難的世界啊！）豬挨著鞭打，一邊散步心想。

「你覺得怎麼樣？差不多該休息了吧？」助手又給牠一鞭。各位超級大學生，你們認為這樣的散步有何樂趣可言？對身心絲毫無益。

豬無可奈何地又回到豬圈，躺在稻草上。助手只拿來一點點新鮮的高麗菜。豬並不想吃，但助手直挺挺站在面前，用難以言喻的可怕眼神俯視著牠。豬出於無奈，只好假裝咬了兩下。助手終於放心，「哼」地笑了一聲，又吹起蒂珀雷里的口哨走出去。不知

7 蒂珀雷里，指一九一〇年代的英國歌謠《蒂珀雷里在遠方》（It's a Long Way to Tipperary）。

何時，他打開了全部窗戶，豬冷得受不了。

約克夏就這樣一整天陷入沉思，作夢似地過了三天。

第四天，畜產學老師又和助手來了。老師朝豬一瞥，搖搖手對助手說：

「不行，不行。你為何沒照我的吩咐做？」

「我有啊。窗戶全打開了，也給牠吃了新鮮高麗菜，還小心翼翼地每天只讓牠運動十五分鐘。」

「是嗎？都做到這種地步了，牠怎麼還是長不肥？這傢伙日漸消瘦，看來是神經性營養不良吧！這種狀況，旁人也幫不上忙。如果不趁牠瘦成皮包骨之前做好決定，天知道牠會瘦成什麼模樣。喂，把窗戶全關上，然後拿出催肥器來用吧！在裡面塞滿飼料，放兩升麥糠、兩合亞麻仁，然後再用水攪拌五合玉米粉，揉成丸子狀；一天分兩次或三次，放進催肥器餵牠。你有催肥器吧？」

「有。」

「把這傢伙綁起來。不，綁起來之前，得先讓牠簽好同意書。校長真是辦事不力。」

畜產學老師匆匆忙忙跑往教室的方向，助手也跟在後面。

沒多久，農校校長驚慌失措地跑了過來。豬找不到藏身之處，用鼻子不斷挖著地上的稻草。

「喂喂，動作得快點了。你今天無論如何都得在那張死亡同意書上蓋爪印才行。沒什麼大不了的，你就蓋了吧！」

「我不要，我不要！」豬放聲哭泣。

「不要？喂，你少任性了。你的身體全都是靠學校餵養，才能長到這麼大。我們之後還是會每天餵你兩升麥糠、兩合亞麻仁，和五合玉米粉。你就乖乖蓋個爪印吧！」

原來校長發起脾氣竟然這麼可怕。豬嚇壞了。

「我蓋、我蓋。」豬用沙啞的聲音說。

「很好，那麼，你蓋吧。」校長的憤怒終於轉為喜悅，他立刻拿出那張黃色的死亡同意書，展開在豬面前。

「要蓋在哪裡？」豬哭著問。

「這裡，你的名字下面。」校長透過眼鏡，目不轉睛地盯著豬的小眼睛。豬抿著不停顫抖的嘴唇，伸出短短的右前肢，用力蓋下腳印。

「唔哈！很好，這樣就好了。」校長拉走黃紙，仔細檢查牠蓋過的腳印後，興高采烈地說道。那個壞心眼的老師一直站在門外等待，這時突然走進來。

「怎麼樣？進行得順利嗎？」

「嗯，總算蓋好了。那麼，我就把牠交給你了。催肥需要幾天？」

「很難說，不管是雞還是鴨，只要照這種方式養，一定都能養肥。但像牠這種神經過敏的豬，強制催肥或許不一定有效。」

「是嗎？原來如此。總之你好好養吧！」

校長回去了。接著，助手拿了一枝形狀怪異、鎖著螺絲的帆布長管，以及一個水桶。畜產學老師從水桶裡抓了一把東西說：

「把豬綁起來吧！」助手拿著麻繩跳進豬圈。豬驚慌地四處竄逃，但最後右側雙腳還是被綁在豬圈角落的兩個鐵環上。

「很好，那麼把這一端塞進牠的喉嚨裡。」畜產學老師將帆布管交給助手。

「來，把嘴巴張開，嘴巴張開。」助手語氣平靜，但豬咬緊牙關，死都不肯開口。

「沒辦法，把這個塞進牠嘴裡吧！」老師拿出短鋼管。

助手用力將鋼管插進豬的牙齒。豬使盡全身力氣怒吼哭叫，但管子還是插入了嘴裡，牠只能用喉嚨底部的聲音哭泣。助手拿帆布管穿過鋼管，插進豬喉嚨裡。

宮澤賢治

富蘭頓農校的豬

「這樣就行了，開始灌吧！」老師將水桶裡的飼料倒進帆布管一端的漏斗，然後用奇怪的螺旋裝置將食物推進豬的胃裡。即使豬不肯吞嚥，喉嚨仍舊無法抵抗不停灌入的食物。黏稠的食物進入胃裡，肚子逐漸變得沉重。這就是所謂的強制催肥。

豬噁心得一整天哭個不停。

隔天，老師又來了。

「很好，變胖了，效果不錯。以後，你和小僮兩個人，每天餵牠兩次。」

接下來的七天都過著同樣的日子。豬完全沒有到屋外曬太陽或吹風，只感到胃被食物塞得沉重不堪，而且臉頰和肩膀越來越腫，連呼吸都有困難。學生們輪流過來，說了很多話。

有一次，大約來了十個學生，吵吵鬧鬧地說：

「牠變大了很多耶，你們覺得有多少貫？」

「不知道，老師只要看一眼就知道有幾百目，可是我們實在看不出來。」

「因為不知道比重嘛。」

「我知道比重啊。牠的比重，大概跟水一樣吧！」

「你怎麼知道？」

「想也知道吧？如果把這隻豬放進水裡，牠一定沉不下去，也浮不上來。」

「不，牠的確不會沉下去，但一定會浮起來吧？」

「那是因為脂肪的關係。但是豬還有骨頭跟皮肉，所以比重應該是一左右。」

「假設把比重當成一，你覺得這隻豬有幾斗？」

「我看有五斗五升吧？」

「不，我看不只五斗五升，至少有八斗。」

「何止八斗，我說一定有九斗。」

「算了，就算七斗吧！水一斗有五貫重，所以這隻豬正好三十五貫。」

「有三十五貫啊！」

豬聽著這些話，不知該有多想哭。他們實在太過分了，一下七斗、一下八斗的，稱斤論兩地量測人家的身體。

到了第七天，那個老師又和助手兩人一起站在豬面前。

「差不多行了，重量剛剛好。增肥到這種地步，已經算是極限了吧。大概這樣就行，萬一過度催肥，害牠生病，可又得延後了。明天正好。今天不用再餵牠了，你和小僮好好把牠洗乾淨，再鋪上新的稻草。聽見沒？」

「知道了。」

豬使盡全身力氣，豎起耳朵聽著他們的對話。（終於明天就要執行那張證書上的死亡了吧？終於就是明天了，原來是明天啊。到底會是什麼事呢？真苦惱、真苦惱啊！）豬因為太痛苦，不斷用頭撞向木板。

下午，助手和小僮兩個人過來，從兩個鐵環中解下豬腳。助手對牠說：

「怎麼樣？我們今天幫你洗個澡吧？已經都準備好了喔。」

豬什麼話都還沒答應，鞭子就揮了過來。牠無可奈何地走出去，但由於太過肥胖，連移動都費力，才走三步就氣喘吁吁。

鞭子又揮了過來，豬差點站不住腳。牠勉強走出畜舍外，屋外放著一個裝了熱水的大木盆。

「來，進去裡面。」助手又揮了一鞭。豬使盡九牛二虎之力，連滾帶爬地越過高高的邊緣，泡進木盆中。

小僮拿來一把大刷子，刷洗豬的身體。豬無意間瞥見那把刷子，立刻發瘋似地嚎叫起來，因為那把刷子也是豬毛做的。但在豬哭嚎的期間，身體已經徹底洗白了。

「好了，出來吧！」助手再朝豬揮出一鞭。

豬無奈地跨出盆外，寒冷的空氣滲入身體，豬忍不住打了個噴嚏。

「這傢伙不會感冒了吧？」小僮瞪大眼睛。

「牠不會那麼容易就壞掉的。」助手苦笑。

豬再度進入畜舍時，鋪在地上的稻草已經換好了。寒意刺骨，而且今天從一早就什麼東西也沒吃，胃裡已空無一物，正發出暴風雪般的咕嚕聲響。

豬不想再睜開眼睛，腦袋裡嗡嗡叫。約克夏這輩子種種可怕的記憶，如走馬燈忽明忽暗地閃過腦中。牠聽見各種可怕的聲音，但已分不清那是來自外頭，還是來自自己。不知不覺間，天亮了，教室那兒傳來鐘聲。不久，豬聽見吵吵鬧鬧的聲響，來了許多學生，助手也在列。

「去外面執行吧，還是外面比較好。帶牠出來。喂，帶出來的時候別讓牠嘰嘰叫個不停，會變難吃的。」

畜產學老師不知何時已站在門口旁，不同於往常，他身上穿了咖啡色長袍。

助手嚴肅地走過來。

「怎麼樣？天氣很好喔！我們今天也去散個步吧？」又朝牠揮了一鞭。豬毫無異議，鼓著臉頰大聲喘氣，步履蹣跚地走出門外。前方和兩旁那群學生的一條條黑腿，如作夢般移動著。

豬頓時眼前一亮。陽光映照在雪地上，刺眼得讓豬瞇起眼睛，牠依舊蹣跚走著。

大家要去哪裡呢？前方有一棵杉樹，豬微微抬起頭，看見眼前有道白光猛然一閃，如煙火般散開。數億的紅色火花如水，從一旁流瀉而出。頭頂響起尖銳聲響，兩旁滾滾湧出流水。接下來的事，我就不得而知了。總之，那位畜產學老師手中握著大鐵鎚，氣喘吁吁、臉色蒼白地站在豬身旁。豬躺在牠腳邊，只悶哼了兩聲，就不再動彈了。

學生們開始大展身手，牠們在豬洗澡用的桶子裡重新裝入熱水，大家捲起上衣袖子，興奮地期待著。

助手握著鋼刀，一刀刺入豬的喉嚨。

這故事實在太過哀傷了，容我就此打斷吧。總之，豬的身體很快就被大卸八塊，堆放在豬舍後頭。放在雪堆底下醃了一個晚上。

各位大學生，那一晚萬里無雲，金牛宮清晰可見。二十四日夜晚，如銀色牛角散發著冷光的弦月，從雲層灑下藍白的水銀光。冰冷白雪中，在有如戰場墓地般高高堆起的積雪底下，埋著豬清洗乾淨、分成八塊的身體。月亮默默穿過天空，夜色漸漸凍了起來。

文豪書齋 10

銀河鐵道之夜

侘寂美學童話，宮澤賢治奇想經典&短篇傑作精選集【星幻藍燙銀精裝版】

銀河鉄道の夜

作　者　宮澤賢治
譯　者　黃瀞瑤

野人文化股份有限公司
社　長　張瑩瑩
總 編 輯　蔡麗真
責任編輯　王智群
行銷經理　林麗紅
行銷企劃　蔡逸萱、李映柔
專業校對　魏秋綢
封面設計　江孟達
內頁排版　藍天圖物宣字社

出　版　野人文化股份有限公司
發　行　遠足文化事業股份有限公司（讀書共和國出版集團）
地址：231新北市新店區民權路108-2號9樓
電話：（02）2218-1417　傳真：（02）8667-1065
電子信箱：service@bookrep.com.tw
網址：www.bookrep.com.tw
郵撥帳號：19504465遠足文化事業股份有限公司
客服專線：0800-221-029
法律顧問　華洋法律事務所　蘇文生律師
印　製　呈靖彩藝有限公司
初版首刷　2022年6月
初版4刷　2023年7月

ISBN 978-986-384-724-3（平裝）
ISBN 978-986-384-728-1（epub）
ISBN 978-986-384-727-4（pdf）

國家圖書館出版品預行編目（CIP）資料

銀河鐵道之夜：侘寂美學童話，宮澤賢治奇想經典＆短篇傑作精選集／宮澤賢治著；黃瀞瑤譯. -- 初版. -- 新北市：野人文化股份有限公司出版：遠足文化事業股份有限公司發行, 2022.06
面；　公分. --（文豪書齋；10）
譯自：銀河鉄道の夜

861.57　　111006553

野人文化
官方網頁

野人文化
讀者回函

銀河鐵道之夜

線上讀者回函專用QR CODE，你的寶貴意見，將是我們進步的最大動力。